喬木
短篇小說集

春車
青花

喬木 著

目次

青春花車

一

噹！一支鉛筆掉在地上。

那個掉筆的女生驀地一愣，急忙低頭去撿鉛筆。鉛筆兀自在滾，滴溜溜的跑到桌子對面，停在對面一張椅子腿邊。這是圖書館的普通閱覽室，每年暑期都擠滿了用功的學生。桌子排得很密，每張都坐滿了七八個人，她很難擠過去撿。

離那支鉛筆最近的是一個男生，筆就在他椅子下面。他是一個面貌清癯的人，略顯蒼白的臉頰上，帶著股悒悒的神色。在那張長臉上，豎著兩道濃眉，緊閉著兩塊厚嘴唇。她在這兒經常見到他。從這個暑假開始，幾乎每天上午圖書館一開門，他就夾著一大疊書本匆匆走進來。找到座位後，便埋頭到書本上，不跟任何人打交道。

當他發現了腳邊那支半截鉛筆，立刻把它拾起來。遞給那女生說：

「這是你的鉛筆吧？」

「是的，謝謝你。」

他又把頭埋到書本上。她摩弄著鉛筆玩了一會，把筆放在嘴角咬咬，那些大代數習題好難，有幾道一時實在解不出來。

她趁旁邊位子上一個男生離開的時候，拿著數學課本溜出來。

她遙遙的，向一個在另一張桌子上用功的女生招招手。

「幹嗎？沙玲。」那個女生很快走出來。

「到外面透透氣去。」沙玲低聲的說，接著便不容分說的，拉著那個女生就走出閱覽室。

兩人走下閱覽室的台階，走進左側的販賣部。沙玲買了一條口香糖，打開分給對方一塊，自己也剝了一塊放到嘴裡；然後兩人又走出來，到了西廂的屋簷下。那兒有一道曲折的紅闌干，她們便斜倚在闌干上。

沙玲拿出她的課本，遞給對面的女孩子說：

「紀萱萱，你看這幾道大代數怎麼做？」

「你問我？」紀萱萱接過課本溜了一眼，又還給她說：「我問誰？」

「你也不會做？」

紀萱萱笑著把兩手向外一攤。

「白問。」爽得沒有尾音。

「你怎麼也不會？」

「我繳的學費也不比你多。」

「那什麼意思？」

「老師也不會特別教我。」

「煩死囉！」沙玲搔搔頭。她那頭齊耳的頭髮，在暑假期間長了許多。她打算開學後，不再剪得像一個雞屁股。已經高三了，學校對高年級女生的頭髮，要求得不像剛入學時候那麼嚴格。只要不長得特別惹眼，總是會過關。

她又把搔亂的頭髮弄整齊。

「今天真不順，本來絞腦汁剛絞出點頭緒，鉛筆又掉到地上。結果又忘得乾乾淨淨。」

紀萱萱翻翻眼看看沙玲。她跟沙玲小學與初中都是同學。高中雖考進不同的學校，由於兩家住得祇隔一條巷子，兩人仍時相過從，感情也比較親密。尤其她倆竟有志一同，都喜歡泡圖書館。一方面是因為她們住得離這兒比較近，散步似的就可以走來。另一方面卻不像其他人，是家裡沒有做功課的地方，才跑圖書館。事實兩人在家裡，都屬於鳳凰級的女孩子，父母寵的不得了；都有一個完全屬於自己的可愛的小房間。關上門，誰也不會打攪，可以安安靜靜的用功。可是她們仍喜歡來泡圖書館，在這兒，大家都孜孜不倦的用功；看到別人那種不眠不休的精神，就會不知不覺的受到感染，激發出一股力爭上游的拼勁。

因此紀萱萱很了解沙玲。她雖然讀書不大用功，但依恃她的聰明，成績總不穩定的漂浮在前十名以內。然而她有一個鑽牛角尖的習慣，對某一門功課突然興趣來了，會傻乎乎的硬往裡面鑽，非鑽通了不可。

「我找個人做給你看看好了。」

「找誰？」沙玲緊接著問。

「一個男生。對了！今天他還坐在你對面呢。」紀萱萱覺得沙玲的問題，就是她的問題。

「坐在我對面？」沙玲的黑眼珠猛一轉，帶著幾分奇怪：「我對面誰會做？」

驟然她又警覺：莫非是給她拾鉛筆那個男生？

「你是說嘴上帶鎖的那個男生？」

「怎麼嘴上會帶鎖？」

「從來沒見他講話嘛，不是鎖起來。」

「對的，他不喜歡講話。」

「你怎麼會認識他？」

「近水樓台啊。」

「先得月？」沙玲搶著接上去。

「我警告你，沙玲。」紀萱萱揚起手指著：「你嘴巴裡要有一個字帶刺，小心我呵你。」

沙玲搖搖手，向後退了兩步。

「你別那麼兇巴巴的，萱萱。我祇是想曉得，你們誰是月？是你？還是他？」

「你說我該不該呵你？」紀萱萱向前湊了一步。

沙玲一面笑，又連忙搖搖手

「別鬧，萱萱。小心別人聽到。可是你總要告訴我，這個『近水樓台』是什麼意思？」

「我們是鄰居啊，不可以這樣說嗎？」

「那也可以說『同居長干里，兩小無嫌猜』了。」

「我看我不呵你，你是不會舒服。」紀萱萱又向沙玲走過去，沙玲又忙擺擺手。

「好了，萱萱。不開玩笑。過去我為什麼沒聽你談過他？我也常到你們家去，怎麼沒見過？」

「別嚕囌，一句話，你到底要不要他做給你看？」

「當然要！也告訴你吧，剛才我的鉛筆掉到地上，就是他幫我撿起來的。」

「那好哇，又可以看一齣好戲了。」

「看什麼好戲？」

「『鉛筆緣』哪！不是一齣好戲嗎？」

「看我不呵你，萱萱。」

二

紀萱萱向著閱覽室跑去，沙玲追了兩步沒追上，就又回到闌干上坐下。這時天色已近黃昏，夕陽把天染成一片玫瑰般的色澤，把圖書館宮殿式的屋頂，映出一種金霍霍的光彩；有一抹很柔和的艷光在瓦楞間流轉。沙玲白皙漂亮的臉龐，被晚霞更映出了透明般的光澤。

她又拿起數學課本，擠著腦子費力思索。這些習題她竟不會做，她有點不相信。對於數學，沙玲雖然不喜歡，但卻有一個數字清晰的頭腦。任何數學難題，祇要她肯用心去思考，就沒有解不開的。

驀地沙玲腦際靈光一閃，她感到一股對那些數學習題豁然貫通的清爽，好像可以把那幾道大代數解出來。就在這時候，她見紀萱萱伴著那個男生走出閱覽室，向她這邊走來。她發覺這個男生的個子好高。

算了，沙玲把數學課本放到闌干上。讓他來做一遍就清楚了，何必去花那份腦筋。

兩人走到西廂下，紀萱萱便給他們介紹：

「這位是我的同學，沙玲。這位是我們的鄰居，陳九皐……」紀萱萱笑著抬起頭來問那位男生：「怎麼稱呼呢？」

「隨便！喊名字就好了。」陳九皐無所謂的笑笑。

「加上個『老哥』好了；現在『老哥』這個名詞比較時髦。你們也應該認識才是，你們兩人坐的位子就是面對面。」

陳九皐顯然是個木訥型的男生，不善辭令。

沙玲卻很快的說：

「謝謝你，陳大哥，剛才幫我撿鉛筆。」

「把你的課本拿來吧，沙玲。專家來了。」紀萱萱的聲音中，有一股興風作浪的味道。

沙玲把課本拿給陳九皐，把那些習題指給他看。

「這樣好不好？沙小姐。你先做，我在一邊看。你做的對，我就不講話。你做不對了，我再告訴你。」

「也好。」沙玲欣然的答道。

「陳大哥，請客啊。」紀萱萱自做主張的向陳九皐說：「我清楚你賺錢不少，卻都繳庫了。這樣好了，今天晚上就請我們吃個簡單的晚餐，每人一瓶牛奶，兩個麵包，二十塊錢就夠了。沙玲，我們就不回家吃飯，免得還要跑來跑去。」於是向陳九皐伸出手：「來吧！拿錢吧！我的好大哥。我去採辦。」

陳九皐祗有拿出二十塊錢，給了紀萱萱。

等紀萱萱走遠，沙玲停止做數學習題，抬頭笑道：

「陳大哥，你幹嘛那麼聽萱萱的話？」

「我最怕這丫頭了。」

「為什麼怕她？你不理她不就算了。」

「她比我小哇，又那麼多的鬼心眼。我跟她哥哥又是最要好的同學，你說我怎麼不怕她？」

「那是讓她，怎麼能算怕。」

「讓跟怕都是一樣，反正我不敢惹她。」

「陳大哥，你看我做的對嗎？」沙玲把她列出來的式子拿給陳九皐看。她巧笑著。沙玲的俏，是在她那兩片翹翹的可愛小嘴唇上。

「對！完全對！」

「那別的就不用做了。這道能做對，其餘的我就會做，反正式子都是一樣的。」

「對嘛，我早就知道你會做。」

「那我以後有問題，可以找你問嗎？」

「當然可以，祇要我曉得的，一定沒有問題。」陳九皐認真的說：「要是不曉得的，說不定還得請妳當我的老師哩。」

「你知道，陳大哥，我明年就要參加大學聯考了，我爸爸把我逼得鐵緊。我要考不取，他就會把我吃下去。你不是跟紀萱萱他們住同一條巷子嗎？我怎麼不曉得？」沙玲收起課本，能把那些習題做出來，心裡很高興。

「我們就在巷子頭上。」

「巷口不是有家豆漿店嗎？」

「對！我家就在隔壁，是個木板房子。」

「哦！」沙玲想了一下便明白了。那條巷子很短，沒有幾戶人家，沙玲又經常去紀萱萱家裡玩。出入的次數多了，對巷內的人家多少都有點印象。特別是豆漿店鄰近的幾家，由於她經常在那兒吃早點，見的機會就更多。據她了解，豆漿店隔壁那家的環境不太好。那是幢木板房子，破破爛爛的，家裡的孩子好像很多。

「我知道你們住那兒了，你的弟妹很多，對不對？」

「我們兄弟姐妹一共五個，我是老大。」

「那好哇，熱鬧。」

「熱鬧？吵也吵翻天了。」

「可是像我們家裡，祇我跟妹妹兩個人。我妹妹又那麼小；想講句話都找不到一個人。好寂寞啊。」

「我倒希望有那麼個環境。」

「那我歡迎你到我們家玩。」

三

沙玲的家較紀萱萱的住處遠一段路，在一條極靜的巷子裡，有一個小院落。房子是日式的木造房改建，很雅致，也極寬敞。

她走進大門後，剛踏上玄關準備推門時，便聽到客廳裡有講話的聲音。那是父親跟母親，以及妹妹，在客廳裡看電視。父親的愛講話，即使有最好的節目，也無法使他閉緊嘴。不是評論電視節目的好壞，便是節外生枝的借題發揮一番；或是藉機教訓她們姐妹幾句。她聽出父親在評論上演的電視長片。

沙玲便改變主意，從玄關上悄悄折回去。想走屋旁的過道，那樣就可以避免跟父親見面。那知她雖極度小心，不弄出一點聲響，還是被妹妹沙瓏看到了。

「姐姐回來了。」

沙玲知道躲不過了，便裝做若無其事的樣子，慢慢脫掉鞋，推開紗門走進去。

牆角電視機的螢光幕上，正映著一個十分優美的綠色畫面。那是一片春到人間的景色，野花遍地，蜂蝶飛舞。站在鏡頭前，就會感到明媚春光帶來的溫馨跟野花散溢出來的芬芳。父親顯然也被這鏡頭所吸引，他抬眼看看沙玲，又很快回到螢光幕上。

沙玲很累，不想看下去。也渴得很，想到冰箱倒杯冰水喝。她正邁步的時候，父親卻開口了：

「沙玲，別走，我有話跟你講。」

「什麼？爸爸。」她祇有站住。

「我問你，還要不要考大學了？」

「要考哇。」

「要考為什麼不好好準備功課？」父親側臉望著她，目光十分嚴厲：「沒有多久時間了，不到一年啦。你這樣三日打漁兩日曬網，就可以考取嗎？」

「我是在準備功課啊，我手裡不是拿的書？」沙玲把手裡的幾本課本向父親揚了一下。

「既然準備功課，為什麼出去亂跑。」

「我沒有亂跑啊。」

「那你到那裡去了？」

「我是在圖書館做功課啊。我到圖書館用功，也不是一天了，媽媽都知道的。」

父親卻冷笑了一聲：

「你別藉到圖書館溫習功課的名義，出去亂跑。我真不曉得到圖書館用功，有什麼好？」

「可是圖書館有伴呀，可以互相研究。再加上大家都那麼用功，才會有競爭心。」

「哼！競爭心！玩有伙伴倒是真的。」

「爸爸怎麼老不相信我的話。」

「好！好！我相信！我相信！」父親連連的點點頭：「你在圖書館裡用功也罷！在家裡用功也罷！我不管你，我也管不了你；你明年給我考取了大學就沒有話說。」他揮動著手，好像沙玲考大學的事，與他無關。

沙玲沒再作聲，做過軍人的父親，被螢光幕上森林中一陣砲火吸引住了，也不再言語。

父親不講話，母親又開口了？

「你吃飯沒有？沙玲。」

「吃過了。」

「在那裡吃的？」

「在圖書館跟紀萱萱一道吃了兩個麵包。」她把陳九皋請客的經過壓下了。她知道，如果說是一個男生請客，接下來，一定是一篇打破沙鍋紋到底的追問。

「不回來吃飯，也不打個電話回來講一聲，等了你那麼久。現在還餓不餓？後面還給你留著飯，自己到廚房吃去。」母親的目光一直在她臉上晃動，聲音也那麼溫柔。母親不論在什麼情況，都不會改變她的溫柔。

「我打過電話，撥不通。」

「那又是沙瓏在講話。沙瓏，你怎麼那麼多話？」

「那怨我，是姐姐打的太巧了，專揀人家講話的時候打。」本來沙瓏看上電視，就無暇他顧了。她會一面看電視，一面不住口吃糖，把自己吃成個小胖子。

其實沙瓏的年齡也不算太小了，已經十四歲，在讀初中二年級，明年該考高中了。父親對兩個女兒的教育最重視不過，雖也天天吆喝著沙瓏用功；無奈沙瓏不聽那一套，父親也拿她沒辦法。沙瓏是從小被父母寵壞了，寵得天不怕、地不怕，老那麼刁鑽古怪，嘴巴也快，能說善道。照說父親嚴厲的時候，說話是很嗆人的。但沙瓏有膽量跟他辯，並且不論有理沒理，都有一籮筐話可講。她的嘴巴甜起來時候，也會把父親說得心花怒放。不像沙玲，是一個非常溫順柔和的女孩子，性情乖巧，善體雙親的心意，父親說什麼，就是什麼。最多把自己的理由，婉轉的陳述出來；要是父親仍堅持己見，她也會委屈的聽從。

沙玲這種性格的養成，是由於她家過去的環境，不像現在這般優裕。那時節父親在軍中服務，母親教書。兩個待遇菲薄的公教人員維持一個家庭，雖不十分困難，但也寬裕不到那兒。那種事事都要節儉的生活，使沙玲早熟。了解家庭的境況，會替雙親著想；儘量不增加父母的困擾。這種性格發展至今，雖然家庭環境改變了許多，她仍會在每一件事上，替父母思量一番。

母親又關切的對女兒說：

「要不餓，就吃西瓜去；冰箱裡有西瓜。」

四

沙玲從冰箱裡拿出西瓜切下一大片。她的肚子也有一點餓，可是看看冰箱裡的食物，都膩膩的，沒有一樣她喜歡吃。便又拿了一個冰淇淋，走進自己的房間。

房間是她最安逸的小天地，關上門，就可以無拘束的讓自己輕鬆下來。她把西瓜放在桌上，拿起冰淇淋斜身往床上一仰，腳翹在椅背上，用木匙挑著冰淇淋一口一口慢慢往嘴裡送。想想也真好笑，陳九皐也真笨，會被紀萱萱敲竹槓。她看到陳九皐往外拿錢時，雖面帶笑容，那表情卻是哭笑不得。

吃完冰淇淋，再吃西瓜。她一口剛咬下去，聽到外面有聲音，是父親在說話：

「沙玲呢？」嗓門高高的。

「回她房間了。」母親的聲音倒很低。

「怎麼走了，我的話還沒講完呢。」

「她在這裡的時候你不講，她走開了，你又要講。算了，有什麼話明天再講也不遲。她今天在圖書館坐了一天，也夠累了，讓她早早休息吧。」

「我不是一定要把她找來訓一頓不可呀。」父親的聲音好不容易低了一度：「我是說這丫頭的名堂越來越多了。要用功，家裡這麼好的環境還不成，還要去圖書館？圖書館有什麼好？那麼多人，那麼吵。我是怕她打著去圖書館的幌子，到外面亂跑，去跟男孩子鬼混。」

「不會的，沙鵬，她不會到外面去跟男孩子鬼混。」母親的聲音總是那麼安詳平靜。

「不會？你總是什麼事都不放在心上。」父親的聲音又爆起來：「她是不是在圖書館裡讀書，你又沒到那裡去看過，怎麼就知道，她一定在那裡？」

沙玲再也忍不住了，拉開門就走出去。父親站在客廳裡，面帶不安的把兩腳來回的動著。母親仍安靜的坐在沙發上，電視機已經關掉。

她走進客廳，迎面就碰到父親的目光。

「你怎麼又出來了？沙玲。」父親雖然心頭很懊惱，臉上仍保持著笑意。

「出來看看爸爸啊。想個辦法證明一下，我確實是到圖書館了，好讓爸爸放心。」

「你怎麼說這種話呢？沙玲。」父親驀地一愣，他大概沒想到，這個一向溫順的女兒，會對他說出這種不冷不熱的話：「我那一點不放心你？」

「你跟媽媽剛才講的話，我已經完全聽到。」沙玲雖想保持冷靜，卻保持不住。

「我們是關心你，沙玲。」

「所以我才想找個證人，使爸爸不再耽心。」沙玲禁不住衝動起來，話說得很急：「爸爸可以打一個電話問問紀萱萱，我去沒去圖書館。如果爸爸怕直接問她，她會替我圓謊，那就說我現在還沒回家，晚上也沒回家吃飯，再問她曉不曉得我到那裡了。那樣我今天到沒到圖書館，她都會照實說。」

做父親的對子女雖然嚴厲，但見女兒說話那麼衝，也感到有點吃驚。他總不能無緣無故對女兒發一頓脾氣。便連忙對沙玲陪笑的說：

「我怎麼會不相信我的女兒呢。沙玲。」

「爸爸說那種話，就是不相信我。」

「好了！好了！別氣了。爸爸以後相信你就是了。」

「那我以後也不上圖書館了。」見父親那樣說，也不好意思再生氣，反而向父親撒嬌。

「去吧！去那裡都可以。」父親現在對女兒變得百依百順，親切的拍著沙玲的肩說：「祇要你認為能讀下書的地方，祇管去。爸爸一定相信妳這個寶貝女兒，是最自愛不過了，不用我操一點心。」

「爸爸，我也向你保證。」沙玲嬌媚的靠在父親的懷裡：「雖然我不敢說一定有把握能考取大學，但我會儘力而為。我想以我的程度，再下一年的苦功；即使考不取第一流的大學，最蹩腳的大學也會考上一個。至於交男朋友的事，你更可以放一萬個心，我現在還在讀書；我才不會有那麼多閑工夫，去跟男孩子鬼混。」

「那你準備什麼時候交男朋友？」父親調侃她一句。

她馬上反咬一口笑道：

「要問爸爸呀，爸爸讓我什麼時候交？」

「那爸爸允許你考上大學就交男朋友；你要找不到合適的人，爸爸給你找。」

「不來了，爸爸，又開人家的玩笑。」

父親一把把沙玲攬在懷裡，抱緊她說：

「我的乖女兒，你最可愛了。」

「爸爸不氣我剛才說話太衝嗎？」

「那有父母把兒女說的氣話當做一回事的。」父親慈愛的拍拍她，十分溫和的說：「你在爸爸眼裡，永遠都是一個小孩子；爸爸會生小孩子的氣嗎？」

「那我再鄭重的向爸爸道歉。」

沙玲從父親懷裡掙脫出來，轉身對著父親深深彎腰一鞠躬。同時調皮的笑著說：

「爸爸，對不起，女兒對你行個鞠躬禮。」

「哈哈哈哈。」

五

攤開書本，陳九皐便把目光投到書頁上。

今天圖書館的人不多，坐得疏疏朗朗。當各種升學考試全部考完後，圖書館便會鬆一陣子。紀萱萱跟沙玲坐在另外一張桌子上，像很專心用功的樣子。對這兩個女生的讀書精神，陳九皐還是很佩服；不像一般的女孩子，以為自己長得有幾分姿色，便依恃她的美，不把功課放在心上。因此多數的漂亮女孩子都讀不好書。但他相信這兩個女生，如果能這樣持之以恆的用功，考大學是絕無問題。

他也很願意幫助她們，有什麼難題問他時，總是會很耐心的給她們解答。祇是紀萱萱那個小搗蛋，老是出鬼點子捉弄他，使他怪惱火。

剛想到紀萱萱，紀萱萱便向他走過來。把一條口香糖往陳九皐面前一放說：

「送你吃，陳大哥。」

「這是那裡來的口香糖？」

「沙玲買的。」

「我不要這麼多，一塊就好了。」陳九皐把那條口香糖剝開，從中拿出一塊放在一邊。把餘下的，重又遞還給紀萓萓。

「我們那裡也有一條。」紀萓萓把口香糖抓過來又放到桌上：「一個大男生，怎麼婆婆媽媽的，給你吃，你就吃沒有錯。沙玲對你不壞吧？買口香糖都沒忘記你。」

陳九皐拿起那塊口香糖，餘下的全部放進口袋。紀萓萓給他送糖來，他本不願接受，又不好意思拒絕。

陳九皐這種性格的養成，是由於他們的家境比較困難，過分敏感的緣故。才使他在心理上有種吃了別人的東西，就有一種負債的感覺，變成心靈上的負擔，時時刻刻都想設法還清；心裡才會舒坦輕鬆。

偏偏他手頭的零用錢，又緊的很，使他在別人面前大方不起來。儘管紀萓萓說他每月賺錢不少，仔細算算，也不過五千多塊錢。但分到他手上的，卻僅是這個數目的十分之一，裡面包括了車費，早午餐，以及其他零用。因此他必須嚴格的控制預算，不濫用一分一毛。有時想吃杯冰水或水果什麼，都要掂計掂計。

照這般說，陳九皐的生活就一點樂趣都沒有了？事實他仍能把生活安排得很好。對每月的零用錢，他總能七省八省剩下一兩張游泳池入場券或電影票。他很喜歡游泳，每當他去游泳時，總是帶著書本跟簡單的午餐。從泳池一開門就跑去，在那兒游累了就看書，看累了就游，一直游個夠才離開。看電影也是他一個人獨來獨往，他不請別人，也不要別人請他，前者是他沒有那份力量，後者是他怕增加心理的負擔，日久天長，就好像關在一個「獨行俠」小圈圈裡，與外界完全隔絕。其實並不然，陳九皐同樣希望過一種團體的、活潑的多彩多姿生活。像青年暑期育樂活動，就是他一直嚮往的。

無奈金錢與時間雙重限制，使他無法如願以償。祇緣他在家裡是長子，每天放下書本，就變成一條牛，拖著家庭這輛破車在貧困坎坷的路上艱難前進。不過他相信有一天，他會把這輛家庭的破車變成新車，輕快的駛著它，走一條十分光明平坦的大道。

書看累了，陳九皐走到院子裡散散心。可是兩個小妮子也從後面跟了出來。

紀萱萱走到跟前對他說：

「陳大哥，我剛才跟沙玲商量好了，我們倆晚上請你吃晚飯跟看電影。」

「我晚上還有事情。」陳九皐沒考慮就回答。

「幹嘛呀！那麼不爽快，你有什麼事情？你還不是怕我們請過你，你又要請我們。放心吧！小竹槓我會敲你的，大竹槓絕對不會敲。我跟沙玲已經說好，每人出一百五十塊錢，到牛肉大王吃牛肉麵，再看電影都夠了。」

紀萱萱對陳九皐最了解，專揭他的底；也不管他難不難為情。

陳九皐被挖苦得不好意思，紅著臉說：

「今天絕對不成，改天好不好？改天我請客。」這話他是硬著頭皮往外說，打腫臉也得充一次胖子，儘管他的零用錢預算，爾後要大事削減，但那是以後的事。

「說今天，就今天。」紀萱萱鐵板釘釘子的說：「本山人已經算定了，今天就是黃道吉日，吃了我們的牛肉麵就可以成仙。別那麼用功了，做一個犬儒主義的人，有什麼意思。辛苦了這些天，也該輕鬆輕鬆。」

「我說有事情，就真的有事情，不騙你。」

「什麼事情？你說吧？可別想瞞過我。」

「我媽媽不知從那裡又弄來許多加工的東西，在家加工。我等會就要回去幫他們整理。」

「那我幫你向陳媽媽請假。」

「不成啊！我的大小姐。」陳九皐著急的說：「你去跟我媽媽講，她當然不好意思不答應。可是弟弟妹妹都那麼辛苦，我這個做大哥的倒去看電影，成話嗎？」

「好吧！算你有理由。改天。」

六

「停止！停止！」

「犒賞來了。」

突然那陣像掃落葉般有節奏的簌簌聲，隨著陳九皐的叫喊停止了。坐在地上的幾個人，也同時抬起頭來，一齊把目光落到陳九皐的臉上。

最小的弟弟陳九宇搶先問：

「犒賞什麼？大哥。」

「當然最好吃的東西囉。」他逗小弟說：「今天的工作誰最努力？舉手！」

「我！」陳九宇又叫道。

「好！獎你口香糖一塊。」他把裝在口袋那條口香糖拿出來，給了陳九宇一塊。

接著他又叫道：

「再誰最努力？」

「我！」二妹陳九娟也舉起手來。

「也獎口香糖一塊。」

他正要再講下去，二弟陳九重卻先開口了：

「你別叫了，大哥。這回該輪到我了。」

「好！統統有獎！」他把最後兩塊口香糖，一塊給了陳九重，一塊給了大妹陳九婷。

陳九婷把糖收起來放在一邊說：

「我不吃，留給媽媽吃好了。」

「你吃了吧。」陳九皐勸他大妹說：「留給媽媽，媽媽也不會吃，還不是便宜了小弟。我已經算好了，一共四塊口香糖，你們每人一塊。」

陳九婷這才把糖放到口裡。

大家吃著口香糖，那節奏快捷的聲音又響起來。

那一雙雙忙碌的手，在燈光下，揮舞得好快。他們是在幫商人糊紙袋，把一大堆裁好的牛皮紙放在地上，由一個人刷漿糊，兩個人摺疊。那種有節奏的簌簌聲，就是在快速度的動作下響出來的。但見陳九婷的刷子猛一刷，就是十幾個，陳九重跟陳九娟再一陣熟練的摺壓，一個個糊好的紙袋很快就傳出來。陳九宇則在一旁整理，把做好的紙袋一疊一疊的疊整齊。

他們顯然已經工作很久，旁邊糊好的紙袋堆得像一座小山。每個人臉上也滾滿汗珠。

「你們還做呀，該休息了。」

「媽媽說明天人家就要來拿，今天一定要做好。」陳九婷抬頭說，順手揩了一把汗。

「那就先休息一下，等會我們一起做。」

「你不要做，媽媽叫你早早睡。」

「那媽媽呢？」

「陪爸爸看病去了。」

「爸爸又怎麼了？」

「還不是老毛病，胃痛。」

「是不是我明天要代爸爸送報？」

「是的。」陳九婷又抬起頭來，一面仍熟練的刷漿糊：「所以媽媽才要你早早睡覺。不過爸爸說，他要是能好一點，還是會自己去。因為你那份已經夠多的，要加上他那份，要好幾個鐘頭才能送完。」

「多送兩個鐘頭倒沒關係。爸爸胃痛，就讓他休息好了，別起早盼晚的，又累的重了。祇是怕報紙送晚了，有的訂戶又要囉嗦。」

「大哥。」陳九重猛然抬起頭來望著他：「你以後送報的時候，也帶我去好不好？讓我看看怎麼個送法，以後爸爸病了，我就可以幫他送。」

這時陳九宇驀地站起來，尖聲叫道：

「噯喲！二哥。你真笨！你連報都不會送啊？我告訴你好了。送報的人，都是騎著單車，把報紙摺成一條條。」他彎下腰拿起一個摺得窄窄的紙袋，表演給陳九重看：「就這麼使勁一扔，就扔進人家院子裡。多簡單，我連學都不用學，就會送。對不對？大哥。」

「你講得倒蠻輕鬆。」

「明天我就去看好不好？」九重一臉誠懇。

「你還小，祇要好好讀書就好了。」

陳九皐說著，卻也禁不住打量二弟一眼。九重今年才祇十六歲，身體也不怎麼壯。一個十六歲的孩子怎麼能夠出去送報呢？他無論如何的累法，都不能讓他這麼小的弟弟就負擔家庭生計。

可是想到他第一次代替父親送報，卻比二弟還小，祗有十四歲。那是一個冬天，父親因為氣候影響犯了風濕症，兩腿不能動；他雖然祗那麼一點年紀，也得去代替。他記得那天一大早，母親便從睡夢中把他拖起來；那麼早，他那裡會醒過來，還賴在床上兩手揉著眼睛直打盹，東倒西歪的想睡。母親怎會容他再睡，硬生生把他拖到水龍頭下用冷水澆了一下，才使他清醒許多。他一時卻委屈的不得了，真想哭，卻硬強忍著沒讓淚水流下來。接著母親便帶他去見父親的同事王伯伯，再由王伯伯帶他到報社，幫他去領報紙，並教他如何才能把報紙摺快。又把他送到父親送報的那個地區。因為王伯伯也有他自己的報紙要送，便把他撂在那兒走了。

他當時真是慌極了，一時不知如何是好。冬季臺北的天氣，總是細雨霏霏的，風又冷得像鞭子，濕膩膩的往身上抽。他瑟縮在路邊好久都沒動。但想到父親的病，家庭生活的困難，終於堅強的站起來。祗是他那時際騎單車的技術還蹩腳的要命。後座帶一堆報紙，前面再掛上一個大袋子，龍頭便搖擺得不聽指揮。沒法子，祗有下來推著走。因此他那天從早晨四點鐘起床，一直送到中午十二點半，才把所有的報紙送完。

報紙送得太晚，有一位太太站在門口等。見他手忙腳亂把報紙遞到她手上，很不高興的說：

「今天的報紙怎麼這樣晚呢？」

「我今天是第一次送，太太。」他謙卑的回答。

「那過去是誰送的？」

「過去是我爸爸送，因為他病了，我才來代他送。很對不起你，太太。我因為路線不熟，單車又騎得不好，所以才送得這樣慢。」

那太太臉上似乎仍有不愉之色，還想說什麼。但她低頭看看他那個瘦瘦小小的樣子，馬上改口道：

「你這麼年輕啊？幾歲了？」

「十四歲。」

「那不是比我兒子還小嘛？我兒子十六歲了，還什麼事情不能做，你十四歲就能替父親送報，真了不起。」那太太說著又瞧他一眼：「你冷吧？小弟弟。」

「不冷。」他鼓著勇氣說。

「我看出來你冷了。快到我屋裡來，我倒一杯熱開水給你喝。嗨！這麼小小的年紀就代替父親送報；看把臉都凍得那麼紅，怎麼會不冷？」

他那時候也十分希望吃點東西，就隨著那位太太走進屋裡。那杯開水是他喝過最美的開水，那種甘露般暖暖的味道，現在回憶起來，還禁不住會咂咂嘴。

陳九臯不希望那種苦楚再降臨到弟弟妹妹身上，他要聳起肩膀挑起這付家庭重擔。陳九婷額上的汗珠漸漸大起來，變得像一顆一顆豆粒，驟然間順著臉腮滴溜溜的滾下來，掉在還沒有刷漿糊的牛皮紙上。他倏的一驚，彷彿聽到汗珠滴下來的聲音，像落在心頭一般響。他向大妹看看，大妹的身體一向都很瘦弱。

他提了一張小木凳，也坐到牛皮紙前面。

「給我一點，我也做。」

「你真的不要做，大哥。你趕快休息吧，你明天送報紙，要很早就起床。」

「我現在也睡不著。」他伸手拿過一疊已經刷過漿糊的牛皮紙，便熟練的摺疊起來。這是他們家裡的一項比較穩定的副業，每個人都會做。

「你要睡得太晚，媽媽又喊不醒你了。」

「現在不會了。現在就是媽媽不喊我起床，到時候我也會自己起來。」陳九臯對九婷笑笑說。

這件事情也祗有九婷曉得。那還是他讀高中時候的事情。由於年輕，對家庭的責任心也不像現在這般重視，祗是偶而替一替父親。有一年冬天父親一直在害病，他每天早晨都得替父親；那天早晨實在太冷，外面又颳風下雨。任憑母親怎麼喊，他都躲在被窩不肯起來；母親氣得狠狠打他兩巴掌，不知怎麼把九婷也吵醒，於是他哭了，母親哭了，九婷也胡里胡塗在一旁跟著哭。如今他也有了一份自己送的報紙，曉得這是他的責任，不用任何人督促。

「是不是我們太吵？你沒法睡？」

「我真不瞌睡。」陳九皐看看地上，他就是想睡，也沒地方躺。

「那我們就到裡面去做。」

「裡面的地方更小，不方便。就在這兒不要動。我們一齊動手，很快就可以做完。」

陳九婷還是固執的，要弟弟妹妹把東西搬到裡面那個房間去做。其實裡面那個房間，跟外面的是一般大。因為這個總共衹有九坪的房子，除了廚房跟廁所等設備，用甘蔗板從中間一分為二，外面做起居室，裡面是全家人睡覺的地方。衹有陳九皐跟二弟九重，由於年齡比較大，不跟父母與弟妹們睡在一個房間裡，而在外面搭地舖。每人一塊長方形大木板，架在兩張矮長凳上，就成了兩張床。白天收起來，晚上搭好，絲毫不佔空間。但裡面那個房間，除了一張大床，還有一張上下舖，就佔去一大半空間。再加上些別的東西，自然比外面顯得擠的多。

把東西搬到裡面後，陳九皐也跟到裡面做。九婷見他一定要幫忙，便對他說：

「那你就不要摺，大哥。你把已經做好的紙袋捆起來好了，一百個一綑。小弟疊好那些紙袋，是五十個一疊；你衹要把兩疊捆到一起就好了。」

「好的。」

七

欽欽欽，欽欽欽。

刷漿糊的兩手像在飛，摺疊的人手也在飛。於是一個一個紙袋飛也似的接連往外傳。陳九皐不知不覺也受了節奏的影響，拉繩子，打結，都隨著節奏動。

打綑到底比較快，又有九宇在一邊幫忙，沒有多久便把做好的紙袋全部捆好。當他直起腰時，見九婷臉上的汗珠仍猛往下淌。他自然而然的想到，她明年夏天不是也要參加大學聯考嗎？再想想紀萱萱跟沙玲兩人，可見人與人的幸與不幸，差別有多大。她倆為了準備考試，可以什麼事都不做，看書的時候嚼著口香糖，悶了，還要看場電影調劑精神。九婷呢？這些享受全得不到，反而連溫習功課的時間都沒有。營養不好再加上疲累，瘦得風都可以吹倒。雖然她的功課一向都不差，榜上有名應該沒有問題。可是現在大家競爭得這麼厲害，都在拚命加油，她這樣每天放了學，就把課本擱到一邊，難免要落到人家後面。就算大學能考取好了，如果不是公立大學；看情形母親也不會讓她讀，她自己也不會讀那麼貴的私立學校。

陳九皐有時很希望幫忙九婷溫習功課，讓她考上理想的學校。無奈時間都湊不到一起。他星期一到星期六晚上都有家教，祇有星期天有一點時間，偏偏他們很多家庭副業都要趁星期天大家放假的時候趕。尤其這個暑假，為開學時五兄弟那筆學費，整天都在忙。

「九婷，今天這些紙袋糊完，明天還有沒有別的事情要做？」他關心的問。

「怎麼會沒有？」

「那你這個暑假，都沒摸過書本？」

「那裡有時間摸。」語氣中含著一股幽怨。

「你總得抽出點時間來，溫習功課才是。你明年就要考大學，要加加油拼一下呀。」

「我不想考大學了。」九婷停止了刷漿糊，抬眼看看她的大哥。她的眼神充滿了憂悒，也像包含了許多無法說得出來的委屈。

「你幹嘛講這種話？」

「因為照這種情形看，我能考取公立大學的希望太小了。如果考取私立大學，像我們家裡這種環境，怎麼個讀法？媽媽也常說，女孩子讀那麼多書做什麼，能高中畢業就好了，所以我想乾脆不考也罷；免得考取了讀不起，心癢癢的。我現在好後悔當初讀高中，如果讀職業學校，將來找工作也容易一些。」

「你不能這樣想，九婷，你一定要考。」

「考了讀不成，還不是白費。」

「絕對不要這樣想，九婷。考是一定要考的。」陳九皐的語調中，有一種堅定的力量：「如果考不取，那沒有話說。如果能考取，無論怎麼困難都要讀。」

他說到這裡又看看九婷，見她很注意的在聽。他便又繼續說，語調也變得很激昂：

「固然我們的環境很困難，可是你不讀大學，也不見得就會好多少。既然免不了要苦，那麼現在就多苦一點，多讀一點書。這總是一條有希望的出路，有機會走，為什麼不走？祇要走通了，就有苦盡甘來的日子。何況我明年夏天就大學畢業，苦也不會太久了；不過一兩年的事。」

「你畢業後還要服預備軍官役啊！」

「這樣好不好？大哥。」九重講話了：「你去服兵役的時候，就把你那份報紙交給我送。」

「你老老實實讀你的書吧，小心成績不好，媽媽捶你。」陳九皐笑著對九重說，接著又安慰九婷：「你放心。我當預備軍官也有辦法弄錢，我現在正學著翻譯工程方面的東西給雜誌社；人家名家的稿費三百塊兩百塊一千字。我是有錢就幹，一百、八十、七十、六十、五十都成。一個月能翻上幾萬字，再加上薪水的節餘；說不定一個月也會交給家裡幾千塊錢，不是跟現在一樣。」

九婷得到安慰和鼓勵，臉上露出欣慰的笑容。她眸子裡閃動著希望的光采說：

「我如果要考，除了公立大學，私立大學我是決心不考慮的，連志願都不要填。要是公立的考不取，我就考夜間部，一面工作一面讀。如果能考取師範大學或師範學院就更好，家裡就不必負擔什麼了。」

「到時候看情形吧。」

「你要幫我跟媽媽講啊。」

「我一定給你據理力爭。不過你也不要太散漫了，得空就溫習溫習功課，才會有希望。」

「我知道。」九婷低徊的笑笑：「本來我對考大學已經灰心了，現在經你一講，我又感到有希望。」

談話停止，那條短短的生產線又簌簌的動起來，汗又在他們臉上追波逐流的往下淌。糊好的紙袋也快速的向外流。陳九皐倒不必急著去捆，因為有九宇幫忙他，把橫七豎八的紙袋疊成一疊一疊。

八

鈴鈴鈴——

雖然睡意仍很濃，桌上的鬧鐘竟急促響起來。陳九皐用手揉揉眼，藉著窗外透進來的朦朧微光看看錶，已經是早晨四點鐘。今天他要去得早一點、報多，光摺就得花一段時間。他把被褥匆匆忙忙捲了捲，鋪板靠牆壁豎好，到廚房洗過臉，頭腦也就清醒。

他小心著不吵醒別人，母親還是被驚醒。

「幾點鐘？九皐。」

「四點十分。」

「我起來煮稀飯給你吃，吃了再走。」

「不要，媽媽，來不及了。」

「煮稀飯很快，一會兒就好。」

「真的不要，媽媽。今天報多，要早早去領，早早摺。你再睡一會吧，你昨晚睡的晚。我走了，我今天要提前去送。」陳九皐一面說著便打開大門，把送報的東西整理好，推著單車就要往外走。

「你這麼早起來，不吃東西怎麼成。」

「我身上有錢，可以買一個饅頭吃。」

「這裡有十塊錢，拿去吃碗豆漿。」

「等送完報再吃吧。」

把單車推出去，再把大門用力一帶，便把母親的聲音關在屋裡面；再也聽不到母親說什麼。他跨上單車猛蹬一下，便衝出去好遠。鐵馬是老了，跑起來渾身吱呀吱呀響。但卻很管用，載多重都不會叫苦。

四點鐘的臺北市，還在夢中沉睡。街道很靜，亮亮的水銀燈，撒滿一馬路白灼灼的光。陳九皐的單車駛過路燈下，人車都被拉成一個孤單的影子。

空氣十分清新，帶著股濕濕涼涼的清爽，吸到口裡使人覺得振奮。他的鐵馬跑快時，便引起陣陣微風。他覺得很舒暢，把頭昂得高高的。有一層薄霧罩在市區，把街景罩成一片茫茫，上面的天卻很清，好潔，點綴著縷縷帶狀白雲，顯得輕鬆自在。在霧中的行道樹，遠遠望去，祇見一簇一簇模糊的綠，蔥蘢的向上伸。在飄浮的白雲空隙裡，可以看到點點的朦朧星光。

陳九皐把鐵馬蹬得很快，覺得渾身都是力量。寬平的街道無阻擋的向前伸展，視覺好闊。

他領完報紙，才見到王伯伯。

他上前極有禮貌的打個招呼：

「王伯伯，你早。」

「你這麼早就來？九皐。」

「我爸爸的胃病又犯了，我得代他送。今天有兩份報要送，祇得來早一點。」

「我說你爸爸那個病，應該好好治一治才是。這樣老拖著也不是辦法，三天兩頭犯。就是再怎麼壯的人，也會被拖垮。你說對不？」

「也不是沒好好治過，始終不見效，錢倒花了不少。」

「一句話，胃病！纏人的病。」

「你的身體倒還硬朗，王伯伯。」

「我要有病就糟了，又沒有個像你這麼孝順的兒子代我送。我那兩個兒子，一個個都像大少爺。我養他們都不高興哩，還指望他們養我啊！」

「我真佩服你，王伯伯，你都起得那麼早。」

「上了年紀睡不著，早來早送。」

「我幫你搬吧？」

「你快摺你的報去吧，你今天那麼多。」

剛摺了沒有幾份報，王伯伯也把報紙領來，堆在他對面的空地上，也蹲到地上摺。這時走廊內外已經擠滿送報的人，大家東一堆、西一簇，一面大聲講著話，一面手忙腳亂的摺疊。一個賣大餅跟饅頭的人，把單車停在走廊外；在那兒直著嗓子吆喝。陳九皐掏出兩塊錢遞過去，接過來一塊大餅；他又還給他，示意要饅頭。大餅雖然甜甜的比較好吃，但量太少，吃不飽。

饅頭拿來，他掰成兩半，一半遞給王伯伯。

「王伯伯，吃饅頭。」

「我不吃，我已經吃過。」

「再吃一塊嘛。」

「不能再吃，再吃就送不動了。」王伯伯拍拍肚子。

陳九皐把那半個饅頭收回來，一隻手摺報，一隻手把饅頭狼吞虎嚥的送進嘴巴。

「現在送習慣了吧？九皐。」王伯伯抽空喘口氣，從口袋拿出香煙點上一支。

「早就習慣了，我現在送得比我爸爸還快。」

「要不要抽支煙？」

「我不會，王伯伯。」

「你真是個好孩子，大學生了。還這麼起早盼晚的送報，真難得，也不會再哭了吧？」

「哭？哭什麼？」

「就蹲在這裡哭哇。」

他不好意思的笑了，看看王伯伯說：

「你怎麼那壺不開提那壺？王伯伯。你的牙齒還結實吧？我現在要哭，那不把你的大牙都笑掉了？」

那件想到就覺得尷尬的事，王伯伯要不提，他幾乎都忘了。那是發生在他第一次代替父親送報的那天早上。記得那天隨著王伯伯領到一大堆報紙，搬著往空處走時，迎面撲來一陣挾著急雨的勁風，把他吹得一晃，便一屁股跌到地上，報紙也散了一地。王伯伯急忙趕過來，扶他站起來，幫他把報紙收拾好。那知他的衣服已經濕了一大片，渾身凍得直抖。於是他禁不住傷心的哭了；累得王伯伯安慰他大半天，才止住淚。

王伯伯也笑了笑，又問他說：

「你明年就畢業了？」

「是的。」

「你們再過幾年就好了，你爸爸也算苦出頭來了。」

報紙摺好，便搬到單車上出發分送。可是單車上的報紙多了一倍，就吱呀吱呀響得更厲害，蹬起來也很吃力。這時天色已經大亮，街道上的行人也漸漸多了。陳九皐用力蹬著鐵馬，呼吸著早晨的新鮮空氣。他覺得心頭好爽。突然不由己的吹起口哨。

九

暑假很快便過去，圖書館又擁擠起來，大家一早就跑去搶位了。去得晚的人，祇有在一旁等空缺，見有人離開時，便連忙補上去。這些莘莘學子，多數人都是在這兒準備來年升學考試的功課。他們都懷著如箭在弦般的緊張心情，希望一舉射中聯考的紅心。

陳九皐較暑假時候更忙碌了。父親的病仍那麼不好不壞，他不忍心讓父親硬撐著去送報，祇有自己苦一點。因此他每天都得起一個大早。同時他的每個星期一、三、五跟二、四、六晚上兩個家教也開始了；所以從早到晚都得不到一點閑空。祇有星期天才能到圖書館看看書，安安靜靜坐在那兒，也算是一種休息。

這個星期天陳九皐九點多鐘還沒到圖書館來。

沙玲從桌上抬起頭，四周張望一眼，依然不見他的影子。所有的座位都坐滿人，他怎麼還不到。她有一個小小的問題，想問他。

可惡的紀萱萱，昨晚分手的時候，還一再叮嚀她今天要是來得早，就幫她佔個位子。她今天有事情，要來晚一點。說晚，也不能晚到現在還不到啊。

她給她佔的位子，就在她的旁邊，用一本書放在桌面上，就像一張所有權狀似的，誰也別想打主意。可是那麼多找不到座位的人，都像巡邏一般，在閱覽室轉來轉去，找尋空的位子。大家都不停的把目光，往這有書無人的空位子上斜；眼神裡的表情帶著惱惱與不滿。看得她怪不好意思的。

這叫什麼？這叫：

——佔著毛坑不拉屎。

到十點鐘的時候，沙玲才看到陳九皐腋下夾著一大堆書匆匆走進來。站在閱覽室門口用眼向兩邊一撒，見人坐得滿滿的，便沒再往裡走，又轉身走出去。沙玲雖揚起手遠遠向他打招呼，也因為他轉身太快沒見到。

沙玲便站起來追出去。

陳九皐在閱讀室門外的轉角處，把書攤開擱在闌干上讀，身體斜倚在一根柱子上。

她走過去叫道：

「陳大哥。」

「哦！沙玲，你來的很早吧！」陳九皐抬起頭。

「一開門我就到了。」

「我才剛剛到。」

「我見到你站在閱覽室門口向裡面望。我向你招手，你卻沒有看到。」

「我看那個情形，裡面不會有空位子，不進去也罷。」陳九皐說著聳聳肩，帶著一股氣憤：「我最看不慣的，是有些人根本不是來讀書，卻佔著一個位子；把書本往桌子上一放，就不曉得溜到那兒去了。真正想到這裡讀書的人，反而找不到座位。」

「你這話是說給我聽啊，陳大哥。」沙玲抬眼望著陳九皐，嘴角流出一抹巧笑。

「我怎麼是對你說的？」陳九皐一怔。

「我今天給萱萱佔了個位子呀。」

「萱萱還沒到？」

「她昨天晚上對我說，我今天來得早，就給她佔個位子，她今天有事情，要來得晚一點。那知她現在還沒到。這樣好了，萱萱要再不來，你就進去坐，她來了也不要讓她。管她哩，誰叫她來得這麼晚，罰她在外面站。」

「我先坐是可以，她來了，我還是要讓她。」

「我說還是不要讓，彆彆她。」

「你想我能彆過萱萱嗎？」陳九皐笑著問沙玲。

「你就偏彆彆她，看她如何。」

「算了吧，我還是不要自找麻煩。」

「你今天怎麼也來得這麼晚？我有個問題要問你，等你好久哇，就見不到你。但我知道你一定會來。」

「什麼問題？」陳九皐很快的問。

「放在屋裡書桌上，等進去時候，再拿給你看。」

「不過我爸爸的病要是不好，我以後每個星期天來的時間都會晚一點。」陳九皐聲音中有股喟然。

「陳伯伯病了？什麼病？」

「老毛病，胃病。」

「不重吧？」她抬起眼，目光中有一股關切。

「他這個病鬧了多少年囉。好不了，也壞不到那裡去。隔上一段時間就要犯一陣子，休息休息就好了。不過這段時間最長，快一個月了。」

「原來你今天來得這麼晚，是照應陳伯伯？」

「照應倒不要，但要代替他送報。」

「送報？送什麼報？」沙玲瞪大眼睛問。

「就是送每天的報紙啊。」陳九皐見沙玲臉上那個好奇的樣子，像感到自卑，又不像自卑，手摸弄著闌干說：「我爸爸病了，就得我替他送。同時我自己也有一份報紙要送。本來我光送自己的，每天早上七八點鐘就可以送完。現在加上爸爸的，最少也得多花一個鐘頭；如果碰到點什麼事故，就要到九、十點鐘。」

他一面說，見沙玲臉上的表情一面顯得驚奇，一面靜靜的在專心聽。並且驚奇的表情中，沒有一點對他送報表示蔑視的味道。便更坦率的說下去：

「在我爸爸送的訂戶中，有很多家是這個地區。你們家住在那裡我雖然不曉得；說不定你家訂的報紙，還有我爸爸送的呢。」

沙玲被陳九皐這樣一說，驚奇得把個紅瑩瑩的小嘴，都張得大大的。她踏著腳步動了一下，目光仍定定的停在陳九皐臉上。這時暴虐的太陽已經灼灼的從天空撒下來，使石塊鋪成的院子，爆起一層燁燁的光。有一縷陽光投射到闌干上，使紅闌干透出一抹晶瑩。陳九皐額角也映著一角采，由於剛才說話有點激昂，使他的臉上有點神采飛揚。她突然覺得他的個子好高，快高過她一個頭。站在這樣一個高高大大的男生面前，她感到好安全。

她驀地有點臉紅，轉了一下眼睛說：

「我們家裡訂好幾份報紙。」

「那我爸爸的訂戶中，一定有你們。」陳九皐毫不思索的肯定。

「那怎麼沒見過你到我家送報？」

「我的大小姐，你能看到嗎？我送報到你們家的時候，你還在床上做你的美夢呢。」

「我每天起床也很早哇，七點多鐘就起來了。你知道我小時候，我爸爸對我實施軍事管理，不讓我們睡懶覺，養成了早起的習慣。你要到我家送報，我一定會看到。我早晨還有一件工作，給爸爸到院子拿報紙。」

「那差遠了。你知道我幾點鐘起床？四點鐘左右。我送報到你家時候，大概是五點左右。」

「那麼早？你不是說要送到七、八點嗎？」

「那是說我送自己的啊。如果加上我爸爸的，就要比平常起的早得多。送的時候，我也得先送我爸爸的訂戶；然後再送我的。要是報紙送晚了，我總不能讓訂戶責難我爸爸，祇有讓他們抱怨我。」

「你真好，陳大哥。」她感動得幾乎要伸手去拉他：「我爸爸就有這個毛病，要是報紙偶而送晚了，他就會抱怨人家，有時還會打電話到報社問。我以後要跟他講，要容忍一些。報送晚了一定有原因，不讓他再抱怨。人家不會故意把報紙送晚的，你說對不？」

「對的，誰不想早送完，早休息。」

「我真佩服你，陳大哥。」沙玲把臉仰出一個弧：「你這個大學生，跟別人都不同。」

一個大學生會天天披星戴月的送報紙，是沙玲從來想都沒想到的事情。在沙玲的想像裡，讀大學的男孩子都是天之驕子，像天空的星，高不可攀，閃耀著燦爛的迷人光輝。他們的生活是悠閑的，自由的，充滿了詩情畫意。除了上課，就是談戀愛，臂上掛著女孩子，做羅曼蒂克的夢。現在她望著陳九皐那悒悒的眼神，在裡面撲捉到一些既迷惑又清晰的東西。使她在乍然間成長了許多，懂得許多。

「怎麼個不同法？」陳九皐詫異的一睹沙玲。

沙玲雖然覺得她懂了許多，卻禁不住要問：

「陳大哥，你可別怪我，也許我問的不對。」經過了一番思考，她說話更有分寸：「我祇是覺得別的大學生，都不會去送報，以為那會有失他們的身分。他們要兼差，最多當當家教，弄幾個零用錢就夠了。聽萱萱說，你還在擔任家教呢，那怎麼還要送報？」

「你的想法太天真了，小妹妹。」陳九皐笑起來，他真想大聲笑，無奈這場所不容他肆無忌憚：「你說大學生沒人去送報，那就大錯特錯。跟我在一起送的，就有十好幾位，祇是你沒見到過而已。再說我擔任家教，還不祇一個呢。有兩個，從星期一到星期六晚上都有。照說我一個做學生的、做家教一個月就有三千塊，用不著再辛辛苦苦去送報。你知道我的負擔有多重？」

她望著他張張口，想再問，卻沒有問出來。她不願去問人家的家庭生活情形。

於是改口說：

「這樣好了，陳大哥。我星期天都來得很早。如果我見你還沒來，就給你佔個位子。」

「不好意思吧，人家會講話。」

「不會有人講話的，很多人佔，也不是我一個人佔。何況你也不會像紀萱萱那丫頭，光叫我佔位子，現在還不到。你是送完報紙就會來的。」

「那謝謝你。」

「來一片口香糖吧。」

「又吃你的東西。」

「香香你的嘴，等會給我解答問題。」

十

紀萱萱十點半才匆匆趕到圖書館，陳九皐見到她，便要起身把位子讓給她。可是沙玲卻搶先拉開椅子站起來，向紀萱萱一招手，兩人便相偕走出閱覽室。陳九皐祇有再坐下，不曉得這兩個小妮子又說什麼悄悄話去了；反正女孩子的名堂就多。

沒有多久沙玲回來了，笑嘻嘻的低聲對陳九皐說：

「陳大哥，萱萱在外面等你，找你有事情。」

「她有什麼事情？」

「我不曉得，好像找你幫什麼忙。」

陳九皐起身走出去，卻在腦子裡打個一「？」號。那丫頭找他有什麼事，在他印象中，紀萱萱找他，沒有一件是好事情。但他不能不應付她。

「陳大哥，看你愁眉苦臉的，幹嘛痛苦得那般樣子？」他走出閱覽室，紀萱萱就笑著迎上來。

「你找我，怎能不愁眉苦臉？」

「你這話就奇怪囉，我找你，怎麼就要愁眉苦臉？」

「我算定了準沒有好事情。」

「今天是好事情，你晚上有沒有時間？」

「沒有。」陳九皋搖搖頭。

「沒有時間就算了，我也不必講。」

「算就算，那我走囉。」陳九皋很快轉回身，裝作要回去的樣子。他知道事情決不會這麼簡單，紀萱萱祗要找到他，就不會讓他一走了之。

果然紀萱萱一疊聲叫道：

「喂！喂！說走就走啊。」

「你跟我胡扯什麼？」他裝出一副懊惱的樣子，故意不耐煩的：「我那有時間跟你蘑菇。」

「你到底有時間沒有嗎？」

「有怎麼樣？」陳九皋反問一句。

「有就幫我一個忙。我今天晚上有幾件很重的東西要搬；我一人搬不動，祗有找我這位好心的陳大哥幫忙。沒有問題吧？小妹這廂有禮。」紀萱萱笑著伸手一斂裙腳，把腰盈盈一彎，一副名小旦的派頭。

「你就會捉我的大頭，為什麼不找你大哥幫忙。」

「我大哥呀，早跟他另一半不知到那裡磨去了。找他幫忙，不知要等到那年那月。」

「好吧，被你捉到，想逃也逃不掉。」

「那五點鐘的時候我們到門口去搭計程車。沙玲也跟我們一道去，你搬大的，我們搬小的。」

「好！就這樣講定了。」

「要是黃牛，就是這個樣的。」紀萱萱舉起手，把一個小拇指頭挑得高高的。

陳九皐整天都覺得不對勁，他見沙玲跟紀萱萱一上午都在嘀嘀咕咕，不曉得在搗什麼鬼。搬什麼？一定不是什麼好東西，不然她倆不會這樣鬼鬼祟祟。

到了五點鐘，他們三人準時出了圖書館。

陳九皐又向紀萱萱問：

「到底搬什麼呀？」

「你跟我們走嘛，到時候自然曉得。」

「你不會騙我吧？」

「我騙你幹什麼？陳老哥。」紀萱萱倏然轉回身，嗔怪的瞪著他：「你有什麼好騙，找你幫忙辦件事，就這麼不情願；如果不願意去，就算。」

「好好！去去！我祇是覺得你們在搗鬼。」

紀萱萱笑了，笑得很神秘。卻又揮著手斬釘截鐵說：

「搬東西！搬東西！絕對是搬東西。我要說假話，就是小狗。這成了吧，放心了吧！」

陳九皐被說得沒有話講，祇有傻笑。

這時沙玲已經攔了部計程車停在路邊。

紀萱萱打開車門一讓。

「上車吧，陳老哥。」

直到計程車停在牛肉大王門前，陳九皐才發覺真的上了這兩個丫頭的當。他急忙問：

「不是去幫你們搬東西嗎？」

「當然搬東西。」

「搬東西怎麼搬到牛肉大王來了？」

「東西在他們店裡，當然要到店裡去搬。」

陳九皐越弄越迷糊，祗有跟在後面走進去。那知進了裡面，沙玲跟紀萱萱竟找了一個座位坐下；同時也招呼他坐。並對旁邊的店員說：

「兩個小碗牛肉麵，一個大碗牛肉麵。」

陳九皐傻了，走也走不了，祗有坐了。

「怎麼搬東西搬到飯桌上來了？」現在陳九皐只有苦笑了。

「當然到飯桌上！不然，到那裡搬？」紀萱萱忍不住笑的說：「我不是講過嗎？我倆搬小的，你搬大的。現在我倆就把這兩小碗牛肉麵往肚子裡搬，你就把這一大碗牛肉麵往肚子裡搬。所以我說來搬東西，沒騙你吧？」

「你呀，萱萱。一肚子都是鬼。」

一直都含笑不語的沙玲，這時才春風拂面般開口：

「很對不起你，陳大哥。我們絕不是騙你。我跟萱萱好久就想請你一次客；上次跟你講，你怎麼都不肯答應。我們知道今天要直接說明，你也一定不肯來。所以才想了這個主意；因為我們明瞭你最樂於助人，請你幫忙做事情，你一定會答應。現在牛肉麵已經叫了，你不吃也不成；吃過麵，我們再去看一場電影，節目就到此為止。你儘管放心，我們絕不會花很多錢。其實說請客，吃牛肉麵算什麼請客，祗不過表示一點心意。」

「你要這樣說，沙玲。我就沒話講了。」

紀萱萱飛快的插了一句：

「你本來就沒資格講話。」

吃過飯，看過電影，再吃吃水果，時間稍為一盪，就到了十點多鐘。陳九皐便跟紀萱萱先送沙玲回家；然後不再坐計程車，從那兒走路回去。

當陳九皐再跟紀萱萱分手後，他突然感到，又欠了一份債。

十一

「姐姐！電話！何姐姐的電話！」

「你叫她等一下，我馬上來。」

沙玲洗完澡，已經快十一點鐘。正在臉上塗好一層營養面霜，準備就寢。她是一個愛美的女孩，對自己的皮膚時時刻刻都注意保養。聽到何欣欣打電話來，便開門走出房間；她倆是同班同學，很要好。

天熱，她穿著一件薄薄的紗縷走到電話機旁坐下，抓起話機放到耳邊愉快的說：

「喂！欣欣，幹嘛？」

「跟你聊聊天，剛回來啊？我打了兩個電話都沒找到你。」何欣欣的聲音也很愉快：「我問你，整個暑假都不見你的影子，也不到我家玩。開學那幾天又亂忙，沒跟你好好談。聽說你天天都在拼，真的嗎？」

「沒有事，祇有看看書。」沙玲實話實說。

「我告訴你，我今天在西門町見過你。」

「哦！你今天也出來玩了？」

「我跟我哥哥去看電影，見你跟紀萱萱在一起，還有一位男生。那位男生是誰？我們本來要跟你們打招呼，可是一轉眼你們就進場了。」

「那是紀萱萱的一位鄰居。」

「我看你跟他蠻親熱嘛，有說有笑的。」

「你到底幹嘛？欣欣。」沙玲知道何欣欣要開玩笑，便機智的一轉：「到底有什麼事？」

「喂！周末下午到我家玩吧？我最近蒐集了好多新的唱片，也買了一套新的音響，到我們家欣賞欣賞；聽起來十分夠味。那天中午放學後，我們就一道到大門口搭汽車，中午就在我們家裡吃午飯。」

「好哇。」沙玲高興的答應。

沙玲在興趣方面，音樂是第一。凡是有好的音樂，她一定要聽，也喜歡蒐集好的唱片。在她房間內就有部十分高級的電唱機，她每晚就寢前，總要聽上一陣，有時會不知不覺就渾然入夢。她覺得音樂會給她一種恬靜感受。

沙瓏是個鬼靈精，一聽姐姐那樣講，便急忙問：

「姐姐，你要到何姐姐家裡？」

「她家買了套新的音響設備，還有很多好唱片，要我去聽。」沙玲摀住送話器對妹妹說。

「我也要去。」沙瓏雀躍的說：

「我妹妹也要來啊。」沙玲放開送話器。

「歡迎，連你那位也歡迎。」

「你少胡扯，欣欣。」沙玲啐了一句。

對方傳來一陣笑，便把電話掛掉。

沙玲回到房間打開收音機，中廣調頻台的音樂越到晚上越美。那音樂的流，把心靈滋潤得柔柔的。照說她不大喜歡到何欣欣家裡玩，因為何欣欣的哥哥何勤伯，老喜歡跟她們纏在一起；她也不是反對跟男生一道玩，祇是何勤伯老喜歡在別人面前，賣弄他家的財富。可是她當時經不住音樂的誘惑，就貿然答應了。

想到這裡，一個粗粗壯壯的男生的影子，便浮現在沙玲的腦際。方方大大的前額，一雙濃濃的眉毛，眼眶像浮雕一般嵌在臉上。滿腮的紅豆豆像荔枝殼般密密麻麻，兩片厚厚的嘴唇，說話聲音粗粗的。雖然他們家有汽車，他卻不喜歡開；經常開著一輛重型機車，駛得像風一樣。何欣欣老挖苦他不務正業。有些女孩子認為跟這樣的男生在一道，有安全感；沙玲卻覺得他有點狂的過分。

也有人說，何勤伯在追沙玲。沙玲卻覺不出來，她也不希望他有這個念頭。但他對她確實很好，像妹妹一般關懷她，熱情的不得了。她有什麼事情找到他，只一句話；他就會高高興興替她去跑。

但沙玲卻不願輕易去勞動他，也不願輕易勞動任何男生。因為她發覺祇要跟男生扯在一起，就會引起風言風語。

為什麼？她太美。

真美嗎？她禁不住向鏡子裡瞧了一眼。

映在鏡子裡，是一個十分清新的面孔。那清清秀秀不帶絲毫煙火氣息的臉蛋兒，泛著一種透明的像奶油般柔柔的光。雖然肌理晶瑩的腮幫子，有點削，嘴角卻十分翹；翹得唇尖上那一點紅在翩翩飛。

她是很美，沙玲自己也看得出來。

那麼也就難怪，經常有一些男生在經過她身畔時，故意轉頭對她側顧一眼。從那些目光裡，她會發覺裡面的表情充滿儀慕。她雖然不喜歡人家歪頭斜眼的看她，當那種儀慕的表情射到身上時，卻又私心竊喜。她是美麗的，她的美麗對男生的心靈，有極大的震撼。

陳九皋最好，他從來沒用那種目光看她。

那麼他沒發現她的美嗎？

多遺憾，他會看不到她的美。

她應該設法讓他發現才是。

十二

「沙玲，我要審審你。」何欣欣笑著說。

「你審我什麼？」沙玲瞪著大眼睛奇怪的問。

周末中午，兩人走出學校的大門，在路邊一棵樹陰下站住。沙瓏還沒來，她要下了課，才能趕到這兒會合。

「你說說看，星期天一道看電影那個男生是誰？」

「不是跟你講過了嗎？紀萱萱的鄰居，有什麼好問。還是談談你新買的音響吧！」

「你先回答我的話，我再跟你談。」

「好！再詳細一點跟你說。」沙玲擺出副坦率姿態：「那人是紀萱萱的鄰居，也是紀萱萱大哥紀肇元的同學。因為這個暑假，我們都在圖書館溫習功課，他也在那裡。我跟紀萱萱功課上有問題時候，都是找他問。麻煩人家的事情太多，我倆才在那天請他吃碗牛肉麵，看場電影。」

「就這麼簡單嗎？」

「不信你打電話問紀萱萱，你也知道她的電話。」

「對了！我們為什麼不找紀萱萱來玩？我十分欣賞她這個人。她雖然調皮，倒很天真。」

「你現在到那裡找她，她放學還沒回家。」

「你打個電話到她家裡，叫她回家以後，到我家來。」

「算了！這麼熱的天，她回家了，還會出來？你要請她很簡單，那天準備好，好酒、好菜，再多準備一點水果跟冷飲，我負責拖她來。」沙玲有把握的笑著說。

「那沒有問題，把那位男生也拉來。」

「這倒難了，我可能沒有那麼大的本事。不過我可以找紀萱萱想辦法，她有法子整他。」沙玲的本意，是不想因此惹出一些蜚短流長。

「不論用什麼法子，把他拉來就行了，我要好好看看他有什麼本領，把我們的小蜜糖都迷住了。」

「你少胡說，欣欣。」沙玲伸手呵了何欣欣一下說：「你一定要把他拖來，是不是想交他這個男朋友？沒問題，我跟紀萱萱負責介紹，擔保人品百分之百可靠。」

「好好，不惹你。」何欣欣退了一步：「別羊肉沒吃到，反倒惹了一身羶。划不來。」

「那說你的音響吧。」沙玲也不喜歡開玩笑：「什麼時候買的？花多少錢？」

「才買沒有幾天，價錢倒很貴啊。」

「多少錢？」

「五萬多。」

「你也捨得，欣欣。要是我，別說沒那麼多的錢；就是有，我也捨不得花那麼多錢買。」

「我那裡有這麼多錢，是我哥哥送我的。」

「你哥哥那來這麼多錢？他在那個公司裡的待遇，不是一個月才一萬多塊嗎？」

「他早辭職了，現在自己弄了個貿易公司，生意做得興興隆隆。早先我們還勸他，叫他不要辭，馬上就可以熬上長字號，並且還有出國的機會。可是他不聽，決心要辭。因為他有自己的想法：給人家做，待遇再好，也是給人家跑腿；如果能自己做，就是一份事業。沒想倒讓他講對了，做了還不到半年，就賺了幾十萬。我哥哥那個人你是曉得的，大手大腳的，對我這個妹妹好得沒有話講，我那天不過講了一句這套音響設備不錯的話，其實我也不是有意思要買。第二天他就叫人家送來。」

何欣欣覺得她有這樣一個哥哥，是十分神氣。言談之間便露出一股驕傲的神態。

她又接著說：

「現在他又跑南部去了，不知又是搞什麼。不然打一個電話，他馬上就可以開車子來接我們。」

「你們家裡沒有問題，你哥哥做什麼都可以，你們的經濟環境能給他足夠的支援。」沙玲曉得何欣欣的爸爸是臺北市的名醫，賺了一大把鈔票。

「他的彆扭勁就在這裡，非要自己闖不可。本來我爸爸的意思，他要做，就拿給他一部份錢，讓他好好做。他偏不肯，仗著這幾年做事的一點經驗跟社會關係，就橫衝直撞起來。因此天天都在外面跑，人也曬得像個黑炭似的。我媽媽說他快變成一個野人了。」

「我覺得也對，男生就該有一股衝勁。」

十三

何家住在臺北市的東郊，傍山而居，有一個廣大的庭院，當中是一幢三層樓的白色雅築。從大門進去，是一條長長甬道，左右整齊排列著兩行龍柏，長得一片蔥蘢茂盛。龍柏的兩邊，是廣大的綠草坪，像地毯般鋪得那樣平，不見一絲雜色的樹木或花草，使人看在眼裡有一股十分悅目的舒適。到了小築的前面，便是一帶極整潔水泥地；使這個小樓顯得簡潔雅緻，處處有一種清爽的開朗，不帶絲毫人工雕飾的俗氣。

沙玲已經到過何家好幾次，知道這幢小築的情形：一樓是客廳、餐廳、客房。二樓是臥室及起居室。三樓是書房，還設有撞球、桌球、棋室跟橋牌室等等。

何欣欣帶著客人一直走進自己的房間，又去弄了一份簡單的午餐，三人就在房間裡吃。那是在二樓的一角，面對著陽台，拉開窗帘就可以毫無遮攔的俯瞰樓下那片可愛的草地，以及庭院外面的廣袤山野。

選了一張唱片放在電唱機上，三人便坐下來，一面吃飯，一面欣賞。這套音響確實不壞，播放出來的音樂夠美，音色也那麼鮮明。沉浸在這樣美的旋律裡，堪稱是一種享受。突然房門敲響了，進來一個人，沙玲立刻認出是何勤伯。他確實比沙玲上次見時又黑又壯，滿臉的紅豆豆也更多，像爭先恐後的向外鑽；鑽不出來的豆豆，就把兩個臉腮鼓得東一塊西一塊，像腫了一樣。他兩隻手裡各握著一瓶大可樂，抓得那樣緊，怕被人搶走一般。一步一步拿著步子，樣子不慌不忙，但很有力，流露在臉上的神態是那麼堅定自信，又帶著股懶洋洋的勁兒。

「那裡來的客人，消息那麼靈通。欣欣剛剛買了一套音響，就跑來了。」他嘴角咧著笑容說。

「何哥哥，聽說這套音響，是你送欣欣的。」

「誰說的？」他側臉一問。

「欣欣告訴我。」

「那我要收回來了，一套音響，她也東叫西叫。」何勤伯接著又哈哈一笑：「你們知道多少錢，五萬八啊。有幾個人買得起這樣貴的音響？」

何欣欣對他哥哥說話的那種口氣，也感到有點羞澀。

沙瓏這個口沒遮攔的小女孩開口了。

「何哥哥，你怎麼可以這麼說呢？」

「我的話那裡不對了？」

「你怎麼曉得沒人買得起這樣的音響？就你買得起。你這是向我們表示你有錢啊？可是你錢多有什麼用，我口袋有一支原子筆，你有多少錢都買不到。」

何勤伯沒想到這小女孩會給他一頓搶白，那張黑黑的臉，頓時變得發紫。他馬上又笑道：

「好！小妹！你對！我改。」

「你真厲害，沙瓏。」何欣欣笑道：「我哥哥這個亂講話的毛病，誰都沒法治。你竟能把他講得心服口服的認輸，真了不起。」

「這就叫一物治一物啊。我這個大天不怕地不怕的，碰到沙瓏這個小天不怕地不怕的，祗有認輸。不然跟她打一架，她又經不起我一拳頭。要傳出去，說我欺負小女孩，那我還混什麼。其實呀，我的話也不是那個意思，是沒經過大腦就衝出來罷了。我是說像這樣貴的音響，有幾個人捨得花那麼多錢，買來送人。」

「你要這樣講，不就變成這樣的人物。」沙瓏把手往外猛一伸，大拇指挑得繃直。

「喝水！喝水！小妹，看樣子我倆要好好乾一杯。」何勤伯打開可樂倒了四杯，伸手拿起兩杯，一杯給沙瓏，一杯自己拿在手裡向前一伸說：

「乾杯！」

砰！可樂在杯裡晃了晃。

何勤伯猛一仰頭，便把大半杯可樂灌下去。沙瓏也不甘示弱，同樣吃得點滴不存。

何欣欣被鬧得有點煩，要笑不笑說：

「你倆幹什麼？拚命哪。」

「還要不要喝？小妹。」何勤伯不理他妹妹的話，又打開一瓶可樂舉高問沙瓏。

沙瓏驀地把杯子往外一伸。

沙玲見兩個人鬧得一步不讓，很有趣。但她不願讓妹妹在別人面前那般放肆，又不好意思當著別人的面講她。便悄生生的對兩人笑道：

「你們慢慢喝，不行嗎？」

「好！小妹，我又認輸。」何勤伯對沙瓏笑道。

「那你們就別鬧了。」何欣欣理攏一下頭髮說：「好好靜下來，靜靜的欣賞音樂嘛！」

「我喝了這杯可樂馬上走，讓你們安安靜靜坐在這裡打磕睡。」何勤伯舉起杯子喝了一大口，又放下說：「這種音樂我聽不來，我耳朵裡面的細胞組織太粗，寧可騎著摩托車出去兜風，也比受這種洋罪好過。」

「這樣好的音樂你為什麼會不喜歡？何哥哥。」沙瓏是不能嘴巴閑得太久，她的喉嚨會發癢。

「這大概是野性與柔性的分別。」何勤伯又啜了口可樂，這一口卻淺嚐輒止：「你看過水滸傳沒有？小妹。水滸傳上有幾句話我最欣賞，那就是『大塊的吃肉，大碗的喝酒，論斤分銀兩』。我覺得男人就應該有那樣開闊豪放的胸襟，才夠味道。要是一個男人也那麼柔柔的，走路連步子都跨不大，還有什麼衝勁。」

「我也很野呀，何哥哥。」

「那證明你還沒長大，長大就不會了。」

「我大了也不會文靜。」

「你的意思，還想再跟我比賽一杯了？」何勤伯看看沙瓏，但馬上又笑笑說：「算了！別喝了！再喝，你長大了還這麼野，都是我的罪過。」

「我根本不承認，女生長大就該文靜這個說法。」

「事實是這樣子的，你不承認也不成。就拿你何姐姐來說吧，兩三年前還調皮的要命，跟你現在差不多；要是那時候你倆碰到一起，真是一對寶。但是現在一那個了，就裝起小奴家的模樣，安安靜靜的。」何勤伯說到這兒輕咳了一下，嘴角咧出笑容：「你曉得她為什麼變成這個樣子？因為多數的男生都喜歡文靜的女生，所以她們就要裝出文靜的樣子，好討男人的歡心。」

「你別臭美囉，女生討男生歡心，才不是哩。是男生專門討女生的歡心才對。我說你們男生最差勁不過，見到女生就像狗搖尾巴似的。」沙瓏的嘴巴是輸人不輸陣。

沙玲跟何欣欣也在一旁忍不住笑起來。

「理屈了就該認輸，小妹，不能強詞奪理。」

「我強詞奪理。」沙瓏的嘴巴一絲不饒人：「你講你有沒有對女生搖過尾巴？我告訴你，女生最討厭的，就是太野的男生；就是搖尾巴女生也不喜歡。」

「你這是那裡來的理論？」

「是我自己發明的。」

「你不是要走嗎？」何欣欣轉臉對她哥哥說：「你在這裡弄得我們音樂都聽不成。」

「說走就走，各位再見。」何勤伯伸手打個招呼：「晚上我請客吃館子，然後到陽明山玩。我剛買了一輛小旅行車，你們還沒見過吧？好拉風啊。我把它打扮得像新娘子一樣，你們誰要結婚，我借給你們做禮車。」

「噯喲！」何欣欣噗哧一聲笑出來：「你那個車還可以做禮車，跑得像老牛一般。」

「這叫做老牛、破車、新娘子。一絕……」何勤伯說完哈哈一笑，登登登的走下樓去。

她們這才靜下來聽音樂。

這時下女來找何勤伯，說有他的電話。

何欣欣對沙玲說：

「一定是女孩子的電話。」

「何哥哥也有女朋友啊？」沙瓏傻傻的問。

「他的女朋友可以開個百貨公司。」

「那他還打電話給我姐姐。」

沙玲氣乎乎的伸出手指，朝沙瓏額上一戳：

「你不能少講一句。」

何欣欣卻格格笑了。

十四

「老師來了！」

「老師來了！」

陳九皐剛走上長安公寓的二樓，側面的一個雕花木門便吱呀的開了。一個女孩的清脆聲從內傳出。待他站到客廳的門口時，一輛輪椅便快速滑過客廳的紅色地毯，停在客廳的門內，上面坐著一個面貌十分清秀的女孩子，是陳九皐家教的學生莊美華。他每星期二、四、六晚上來她家教兩個小時。現在她帶著一股期盼的神情仰起臉，用清澈的目光看著他說：

「老師，你一按門鈴，我就曉得是你。」

「你怎麼會聽出來？」陳九皐換上拖鞋走進去。

「你按門鈴的聲音跟別人不同嘛！你按的聲音，是嘟的一聲就好了。」莊美華見陳九皐走進去，也把輪椅掉轉過來。

「別人怎麼個按法？」他笑著問。

「別人哪！都是嘟——好長好長啊，要不就是嘟、嘟、嘟的連按好幾下。我最討厭那樣的聲音了，好刺耳。」

「那我以後也要把按的聲音變一變了。」陳九皐故意笑道。

「不要！老師！」莊美華把輪椅滑到陳九皐跟前：「你一變我就聽不出來了。你這樣按，我一聽到就會趕緊來開門。」

陳九皐又溫和的笑笑，他對這個既幸福又悲哀的女學生，任何時刻都是笑臉相向。這個身罹殘疾的女孩子，也太純潔了，雖然已經十八歲，剛升高中二年級，講起話來仍那麼天真，神情也永遠那般愉快。好像絲毫都不為她因小兒痲痺症而殘廢的雙腿，感到憂傷。

至於莊美華的父母，不論他們怎樣對這寶貝女兒呵護備至，給予無微不至的愛；在內心裡，仍解除不了無法改變的內疚。幸好莊美華天性乖巧，是個十分和順的乖女兒，長得也漂亮，一張白淨淨的臉，由於運動量少，又不經常曬太陽，就像一顆剝了殼的荔枝那般潤細；在瑩細中，映著一股透明的柔。眼睛大大的，兩顆黑瞳瑩澈得像碧潭山腳下那一彎深泓，不含一點雜質。照理說，一個身體上有殘缺的人，多少都會影響心理的平衡，變得自卑或暴躁。但她一點都不受影響，總是那麼溫柔可愛。

她對功課也極用心，領悟力也高。不管什麼功課，祇要稍加指點，就會豁然貫通。

可是陳九皐每次到莊家去上課，心頭都會動盪著一股極大的不安；莊家加在他身上的責任太重，使他覺得有點挑不起來。因為他每次看到東家莊達天夫婦時，都會在兩人目光中，看到一種祈求與希望的表情。當然也難怪，在這個環境優裕的家庭中，男主人是一家公司的高級職員，女主人美麗能幹，住在一幢豪華公寓裡，過著一種安逸的生活；如果女兒不罹患殘疾，家庭真是美滿極了。偏偏女兒患了小兒痲痺症，兩條腿瘦得像乾柴一般，成為兩口子的終身遺憾。為了彌補對女兒的虧欠，兩口子不惜任何代價，給女兒在物質和精神方面謀求補償；祇要能增進莊美華的幸福和快樂，他們會盡量去做，花多少錢都不在乎。

陳九皐也了解莊達天夫婦希望女兒進大學的心理，比任何人都高，也十分同情。究竟那還是兩年以後的事，現在就那麼殷切盼望，對陳九皐來說，也壓得太久太重了。

莊先生不在家，陳九皐對莊太太打個招呼，便伸手抓住輪椅後面的把手對莊美華說：

「我們到書房去吧。」

「還早嘛，老師。你先在沙發上休息休息。」

「到書房裡坐著，還不是休息？」

「不要嘛！我要你在這裡休息。」莊美華嬌憨的笑著，拉拉陳九皐的衣襟：你看你熱的，渾身是汗。我們冰箱裡有冰西瓜，我去切給你吃。」

「美華請你坐，你就先坐一會吧，陳老師。」莊太太也在一旁笑道，接著又對她女兒說：「美華，你不要動，我去切西瓜給陳老師吃。」

「不要你切嘛，我要自己切。」

「你這孩子怎麼那樣拗。」

「我切的好吃嘛。」莊美華從輪椅上轉頭沖著陳九皐一笑：「對不對？老師，我切的比媽媽切的甜？我還要切好大好大一塊給你吃。」

「切小一點，太大了吃不完。」

莊太太卻感嘆一聲，無可奈何的說：

「你也太逞強了，美華。你的行動又不方便，為什麼一定要自己去切給老師吃？」

「我高興嘛，我喜歡切給老師吃。」可是她又轉回頭，臉上盪漾著笑容說：「媽媽，你怎麼又說我行動不方便；人家說這樣講，會傷女兒的心呀！」

「我的乖女兒，原諒媽；媽是無心的。」莊太太快步走到輪椅旁邊，把莊美華抱在懷裡。

「我不會生媽媽的氣啊，我知道媽媽是關心我。」

「我的乖女兒，你真好。」

「你也去坐吧，媽媽，我也切西瓜給你吃。」

「真的不要我幫你切嗎？美華。」

「你放心，媽媽。我一定會切得很好。我切西瓜就是運動，多運動身體就會好。對不對？老師，你說過我應該多運動的話吧！我就要照你的話做。」

「對的，你是該多運動。」

但做母親的還是不放心，想了一下說：

「美華，還是讓媽媽來切好了。不然就讓媽媽扶著你去開冰箱；我真耽心你開冰箱會摔跤。記得上次嗎？你開冰箱摔得那麼重。聽媽媽說，等媽媽切給你。」

莊太太那句話剛剛說完，便見莊美華忽的從輪椅上站起來，把擱在旁邊的枴杖朝地上一摔說：

「才剛剛說過，不要講我的行動不方便，你為什麼偏要講？是不是故意要傷害我？」她說著兩條站在地上細細的腿，像風颸得般抖起來。

做母親的連忙過去把她扶住。

「怎麼了？美華。媽媽沒說什麼啊。」

「我知道你們都嫌我礙眼。」莊美華掙扎著往外推她母親，不讓她扶，也不肯往輪椅上坐：「因為我的腿有毛病，怕丟你們的人，就說我這樣不能做，那裡不能去，把我當做一個廢人。我都忍著，從來不講話，你們就以為我好欺負。今天在老師面前，又這樣說我行動不方便，那樣又會摔跤。讓老師看我的笑話。」

「你怎麼那樣想呢？美華。」莊太太被女兒講得一把鼻涕一把淚的哭起來，但仍扶著莊美華不放：「你是媽媽的寶貝女兒，怎會傷害你；媽媽愛你比誰都深呢。」

「不要管我！我不聽！」

「聽媽媽說，美華。媽媽對不起你，媽媽把那句話收回來，媽媽發誓以後不再說傷害你的話。」莊太太的淚像小河般不停的往下淌。

莊美華也流下淚來。

「那你為什麼老說那種話？」

「媽媽是覺得你……」

「是覺得我有病！對不對？」莊美華又用力向母親猛一推；由於用力過度，也把身體晃得搖搖欲墜：「我得這個病，還不是你們害的！」

這句話給莊太太的打擊夠沉重，一時傻在那兒，連哭都忘了。怔怔望著她女兒，兩手扎撒的張著。好像不曉得是去扶好，還是不扶好。

呆了半天才說：

「是該怨我，美華，你該怨。」

陳九皐早就站起來，一直沒講話。這時才走過去說：

「美華，你坐下，靜一靜。」

「我不要坐，我要切西瓜給你吃。」

「好！你去切。」

莊太犬像生病了似的，長嘆一聲，一下子坐到沙發上。

十五

莊美華也沒坐輪椅，拄著拐杖一跛一歪走進餐廳。陳九皐也不敢去幫她，祇瞪大眼睛注意的望著。她在那兒忙了大半天，才一手端著個托盤，一手拄著拐杖走出來；托盤上放著兩片切得十分整齊的西瓜。她讓陳九皐拿走一片，又把另一片送到母親面前說：

「媽媽，我剛才對不起你。都是女兒不好，惹你生那麼大的氣，女兒請你吃西瓜，你就原諒女兒吧。」

莊太太沒講話，祇一把抱緊女兒。

西瓜吃完，陳九皐也跟著莊美華走進書房。

莊美華也恢復往日的恬靜。

她嬌怯怯的笑道：

「老師，你剛才不笑我吧？發那麼大的脾氣。」

「你一向的脾氣都那麼好，今天怎麼了？」

「我心裡難過嘛，才忍不住了。」

「我還是第一次見你發脾氣，過去都那麼溫順。」

「我也不是有意對媽媽那個樣子，老師。我最不願意生氣的，我覺得生氣也解決不了問題，所以都儘量忍。

可是你不曉得，老師。我還是很敏感的，一聽到人家說我殘廢或什麼話，就會像針刺的一樣難過。我今天為什麼會生這麼大的氣，一來是媽媽的話太傷我，二來是我要切西瓜給你吃，媽媽偏不讓我切。可是我覺得我切的西瓜你吃了，味道一定不同，一定比媽媽切的甜。」

「你切的真的比較好吃。」陳九皐只有順著她。

「怎麼可能，真的嗎？」

「真的！」

莊美華笑了，笑得那麼嬌。

「你放心，老師。我不會再發脾氣。我要生活得快快樂樂；發脾氣我自己也不愉快。」

陳九皐相信的點點頭。對這個身體殘缺的學生，他有相當程度的了解。他從高一就開始教她，現在已經教了一年多。她絕不是那種「晴、時多雲，偶陣雨」的女孩子。

他坐正一下說：

「我們上課吧。」

「先聊聊天嘛，老師。」

「好哇。開學囉，你有什麼感覺？」

「什麼感覺，還不是上課下課。我又不能像別人那樣跳跳蹦蹦。祇能看著人家玩。」

「功課呢？跟不跟得上？」

「功課我倒不怕啊。」

「那就好，你現在就要專心功課了。」

「老師，我突然不想考大學了。」

「你怎麼會有這種想法？」陳九皐吃了一驚，十分詫異的抬眼看著莊美華；想窺測她這話的含意。

「我覺得讀大學對我絲毫沒有用處。」莊美華的聲音十分平淡，臉上的表情也很恬靜，使陳九皐看不出她心頭轉的什麼念頭：「準備考試也太苦。像我這樣一個殘廢的人，要是考不取，人家一定會笑我出洋相。說像我這樣的人，還考什麼大學？」

「人家不會笑你的，反而會佩服你。」

「我弟弟就說過，我讀大學沒有用。」

「那是小孩子不懂事，胡說亂說的。」陳九皐安慰的拍拍莊美華，又鼓舞的說：「不論怎樣，大學一定要考，一個人讀書，不能光從有用沒有用上著眼，要抱著求知的態度去努力。無論從那一方面說，多讀書總是好的。一個人書讀多了，眼光自然就會遠，胸襟也就開闊。不會老在功利圈內打轉，煩惱自然就會少。」

「我的看法和你正相反，老師。我認為書讀的越多，煩惱也越多。如果我不讀這麼多書，就不會老那樣胡思亂想，自然就不會有煩惱。」

「你絕不能那樣想，美華。」

「我說的話是真的呀。我覺得世界上沒有人愛我。」

「聽我說，美華。」陳九皐又溫柔的拍拍她：「一個人不論遭遇到什麼樣的打擊和困難，都要往好處想，往光明處想；就會找到好運和光明。你絕不能說這個世界上沒有人愛你，事實上，愛你的人太多太多了。像你爸爸、媽媽，他們為了你，可說在盡他們最大的努力，使你快樂。還有你的妹妹、弟弟、同學、朋友；也包括我在內，大家都十分關懷你。因此你必須相信世界是美的，人生是光明的，就能鼓舞起你的奮鬥精神。你一定曉得盲人作家海倫泰勒的故事，她以一個盲女，靠著不斷的奮鬥，終於成為世界上最有名的女作家。所以一個人祗要肯奮鬥，就會成功。」

「我曉得的，老師。」莊美華望著陳九皐，激動得眼眶內溢著躍躍欲出的熱淚。

「要奮鬥啊！美華。有奮鬥才有成功。」

「但我覺得有點力不從心呢。」

「你悶了太久了，應該出去散散心。」

「那老師就陪我出去玩玩，好不好？」

「沒有時間啊。」陳九皐急忙表明態度：「我的時間定得緊緊的，沒有一點閑空。」

「我曉得你很忙，老師。」莊美華笑盈盈的看著陳九皐：「我絕對不佔你的時間？今年夏天我好想到植物園看荷花，就是找不到一個人陪我去。放暑假了，你又不到我們家來。所以祗有幻想，想著自己坐在荷塘旁邊，聞著荷花的香味，吹著輕快的風，多自在呀。」

她仰仰臉，凝思了一下又說：

「現在荷花大概已經早謝了，我還是想去看看；看看那些荷葉也好。老師，星期六晚上你早一點到我家來，那天不上課，你陪我到植物園玩，晚上我請你吃晚飯。」

「也好，不過晚飯應該我請你。」

「不要！我請你。」莊美華執拗的一咬嘴角：「我知道你賺的錢都拿回家了。我一定不能讓你請客，你要請客我就不去了。你聽我說，老師，我在家裡是有名的小富婆，我爸爸缺錢的時候，都向我週轉。」

「你那裡來那麼多的錢？」

莊美華很神氣的揚揚臉。

「攢的呀！因為我弟弟妹妹過年的壓歲錢、每月的零用錢，他們都花得光光的。我卻都存起來，就這樣越攢越多，現在郵局裡有存款，還有股票。」

「你還買賣股票？那很危險哪！」陳九皐緊張的問。

「不是的，你聽我說嘛！」莊美華嬌媚的一笑：「我是像存款一樣，把股票買起來存著。老師，你知道我最初有多少張股票？才不過五千股。可是一年年配股，現在已經三萬多股，是不是比你有錢？不過這個話，我祇今天告訴過你，卻沒告訴過別人，你不要對別人講啊。」

「你放心，我不會講的。」

「老師，你要用錢的時候，我借給你。無息貸款。」

「現在上課吧？」

「我好高興啊，老師。星期六就可以出去玩了。」

教這個學生很輕鬆。莊美華不要他講，她要自己研讀，遇到不懂的地方，才找老師問。所以陳九皐在那兒，還可以看自己的功課。

莊家對這位家庭教師也是相當禮遇的，每次他們進入書房後，總是有一杯茶，兩份水果，兩份點心送進來。今天因為吃過西瓜，就沒有水果。陳九皐對他那份點心，向來都不肯吃，總是藉口剛吃過飯，不餓。莊美華這個善解人意的小妮子，也總是用一個小紙袋，把兩份點心一齊裝起來，讓陳九皐帶走。

十六

慣例——

陳九皐每星期二、四、六晚上回家，剛跨進門，小弟陳九宇便會飛快的迎上，搶他手裡的紙包。

「今天是什麼？大哥。」

「自己看去。」

「啊！又是蛋糕。」

「不要爭，一人一半。」

「我要吃一大半。」陳九宇仗著年齡小，父母跟哥哥姐姐都寵他，事事讓他三分。現在他也不管別人答應不答應，先拿出個蛋糕掰去大半個。

這就是陳九皐在莊家捨不得吃那兩份點心的緣故。他的幾個弟弟妹妹都曉得，大哥每星期雙數的幾天，家教回來時，準會帶東西回來給他們吃，大家都瞪大眼睛盼望。尤其小弟，盼得比誰都殷切，他計算著陳九皐該到家的時刻，眼睛便不停朝門口溜；祇要見到陳九皐的影子，馬上就衝過去，把陳九皐手裡的紙包搶走。所以陳九皐在莊家絕不會吃那兩客點心，即使嘴裡流口水，也得強忍把口水吞回去。他不能讓弟弟妹妹們失望。

陳九皐走進屋裡，見另外一個弟弟和兩個妹妹都各據一方工作；他們是在忙碌的摺疊紙張。那是一家小型印刷廠送來的大張書籍版型，要他們按書籍的大小摺起來，以便裝釘與切型。由於他們經常做這種工作，手法也十分熟練，每人手裡拿著一支厚木尺，把紙一摺，再用尺壓著一推，便聽嘩的一聲，壓出一條整齊的線。

快歸快，這個工作還是有技術的，必須按一定的方向與先後順序摺，才不致弄錯頁碼。當然工資也十分低，是論斤計價的，摺一張不曉得是一塊錢的千分之一還是萬分之一；但他們做得仍很起勁。

陳九宇把剩下的一小半蛋糕給了九婷，另外那個由九重跟九娟兩個人分。九婷這女孩子，年齡到底大些，懂的事也多，她從來不跟弟弟妹妹爭東西吃。給她，她就吃；不給，便罷了，一副逆來順受的性格。她又把那一小半蛋糕分成兩塊，遞給陳九皐一半。

「大哥，你也吃一點。人家給你的東西，從來都不捨得吃，都帶回來給我們吃。」

「我是不餓，餓了就會吃。」

「這蛋糕好好吃啊。」

「他們家裡的東西，都很高級。」陳九皐見九宇把他那份已經吃完，又把手裡那塊給了他。

「我說你那個女學生也怪可憐。」九婷悽然的說：「家裡那麼有錢，兩條腿卻殘廢，什麼樣的人生樂趣都享受不到。要這樣一想，我就覺得很滿足；我們家裡雖然沒有錢，全家人卻都很健康。」

「所以人不能太求全，像莊美華人長得漂亮，家裡又有錢，父母又那麼愛她，人生可說是非常美滿。偏偏她就害那種病，這就叫做『美遭天妒』。人生要是過分的美滿，老天爺都會嫉妒你的幸福。」

「她考大學沒問題吧？」

「照理說應該沒問題，不過她還早哩，還有兩年。她好像最近的心情不好，今天還在家裡發了頓脾氣。」

「你不是說她的脾氣很好嗎？」

「是啊。我今天是第一次見她發脾氣，所以勸她出去散散心。那知我給她出了這麼個主意，反把自己套牢，星期六晚上要我陪她到植物園玩。」

「你答應了？」

「不答應行嗎？時間是人家的。再說她是那樣一個女孩子，我怎麼好意思不陪她。」

「你怎麼這樣好心？大哥。」九婷把剛才拿過點心的雙手，在抹布上揩乾淨。一面摺著紙說：「人家不論什麼事情找到你，你都會幫忙。」

「我覺得助人總是件好事。」

「對！」九婷抬頭望著陳九皐，黑睫毛底下的眼睛閃得好亮：「大哥。我明年考大學的事情，媽媽下午跟我講過了，她有條件的答應我考。」

「什麼條件？」陳九皐也拿起張紙慢慢摺：「我是昨晚跟媽媽講的，媽媽一直堅持女孩子讀多了書沒有用；反正早晚都要嫁人，祇要高中畢業就好。我便替你據理力爭大半天，她才同意考慮；現在就答應了。」

「媽媽沒跟我說那麼多，她問我要不要考大學，我就說要。她說家裡的情形我是曉得的，我要考就考，她也不管，但費用得自己想辦法。」

「就憑媽媽這句話就成。」

「我就怕到時候沒有錢讀。」

「當然大家想辦法。你還怕媽媽不肯拿錢呀？她不過說說而已，到時候拿的比誰都快。」

「你還要幫我跟媽媽多講講呀。」

「那你的功課也要好好準備準備呀。」

陳九婷點點頭，放心的去摺紙。

陳九皐又拉過來一大疊，看看大家說：

「我們比賽好不好，看誰做的快。」

「好！」小弟九宇第一個響應。

「我們做完了，大家也出去豪華一下子。我請你們吃冰，我發現一個地方的冰很便宜。」

「什麼地方？」

「在螢橋那裡。」

「大哥，我有一個最好的吃冰辦法。」二妹九娟說：「我們吃冰的時候，叫五碗不同的冰，倒在一起調勻。這樣每人都可以吃到好幾樣冰。」

「就照你這個辦法做。」

「這叫什麼冰？」九重笑道。

「這叫大鍋冰。」九宇笑著大聲叫起來。

「好！不要再講話了。」陳九皐向周圍掃了一眼：「你們把摺好的，搬到一邊去。」接著他揚起手：「由我下口令，大家一齊開始。」

他見大家搬好，又鄭重的問了一遍。

「好了沒有？」

「好了！」

「準備！開始！」他把手猛往下一落。

祇見無數的手一齊動起來，耳際祇聽到陣陣：

刷——

刷——

刷——

十七

陳九皐請莊美華吃了個簡單晚餐，便陪她向植物園走去。為了剛才請客吃飯，陳九皐搶先付了錢，使莊美華十分不高興，氣得小嘴噘得好高。

「老師最不守信用。早就講好，我請客，怎麼你又付錢？最討厭了，說話不算話。」

「老師跟學生出來玩，當然老師請客。」

「你要那樣講，那老師教學生，也得給學生錢囉。」

「那是老師的知識服務，當然學生出錢。」

「那這是老師的娛樂服務。」莊美華的黑眼珠滴溜一轉：「是我請老師陪我玩，當然我請客。如果老師要我陪老師玩，那才該老師請客。」

「下次一定讓你請客。」

「說話算話呀。」

「老師怎麼會說話不算數。」陳九皐要逗莊美華開心，故意咳了兩聲，擺出一副老學究的樣子：「老師的話要不算數，那不有失師道尊嚴。」

「那勾勾小指頭。」莊美華伸伸手。

陳九皐祇有跟她勾一下。

他們是從南海學苑走進植物園，陳九皐幫莊美華把輪椅在寄車處寄妥，讓她拄著拐杖走進去。

黃昏時分的植物園，景色異常幽靜。落日把天邊染成一片紅，園林被映出一種浮動的光彩。兩人沿著荷塘中間的小徑慢慢往前走，有節奏的拐杖聲，把水泥地面敲出咚咚的響聲。荷花是謝了，祇剩下一片亭亭的荷蓋，在藍藍的水波上，鋪成一片綠錦。在輕快的晚風中，掀動出一池柔浪，滾出層層細膩的風致。

莊美華在池邊站住，一手扶著瓜棚的木柱，一手拄著拐杖。眼望著荷塘對陳九皐說：

「你聞到了沒有？老師。」

「聞到什麼？」

「香味。老師，你說是不是？不但荷花有香味，荷葉也有股香味；荷葉的香味好清啊。」

「對的，荷葉也有一股香味。」

突然莊美華把身體倚到木柱上，感嘆的說：

「我為什麼不早兩三個月來，不就看到荷花了。」

「別難過，美華，明年的荷花會更美。」

「為什麼？」莊美華瞪大眼問。

「它要為你開得漂亮一點啊。因為你今年沒來看它；它也很遺憾，所以明年它要表現得更美給你看。你曉得為什麼？你這樣漂亮的女孩子來看它，是它的光彩。」

「你真會講話，老師。」

「真的嘛！你說你來看它，它會不感到驕傲嗎？」

「那老師明年也陪我來看荷花？」

「一句話。」

「你曉得嗎？老師。」莊美華的黑眼珠在陳九皐的臉上轉了轉：「今年夏天，我好想到你家裡找你玩。可是我不知道你家在那兒，也不知道該不該去。」

她說著又看看陳九皐，臉上浮起一抹悽楚。

「你不曉得啊，老師。我這個夏天多寂寞。我弟弟妹妹喜歡游泳，整天都往游泳池跑。我爸爸媽媽每天要上班，祇有下女阿秀在家裡；可是阿秀也有她的男朋友，時常出去約會；她就是不出去，也不大理我。我一個人守著那麼個大房子，好無聊啊，不知做什麼才好。祇有看小說、看電視；但也不能老是不停的看哪。老師，我要是到你家裡找你玩，你會不會歡迎我？」

「當然歡迎。照理我早就應該請你到我家玩，祇是你到我家，連個坐的地方都沒有。到處髒髒的，亂亂的，你可能一見就頭痛了。」

「才不會哩。」

「那有機會我請你到我家玩。」

「你們家裡很熱鬧，是嗎？」

「對！我有兩個弟弟兩個妹妹，整天忙的不得了。」

「他們忙什麼？」

「做家庭副業賺錢啊。」

「我也去幫他們做。」

「看看你這雙手吧。」陳九皐指指莊美華那雙白白嫩嫩細長的手：「你要是也幫他們做工，保險用不到一個鐘頭，磨得滿手都是泡。」

「我不怕，祇要有人講話就好。」

「再走走吧，到別處轉一圈。」

拐杖聲又在水泥地上響起來，夜的黑網漸漸從天空罩下，把園景罩成一層幽。在幽幽中，園內蔥蘢的樹木更顯出一股挺拔昂揚的姿態。他們慢慢的走著，拐杖聲敲過花圃，敲過小橋，敲過滿地疏影，林下的情侶，也被這杖聲，敲出一臉羞澀的妍紅。

累了，莊美華在亭內坐下。

路燈斜照過來，映著飛簷上那一抹紅。莊美華清秀的臉上，也染上一抹彩；照人般閃光。

陳九皐怔怔的望著她，多美的女神啊。

有誰會想到，這是一隻折翼的鳳凰。

他們離開植物園時，已經快九點鐘。兩人便慢慢走向寄車處，去取寄在那兒的輪椅。

「陳大哥！」

「陳大哥！」

陳九皐站住了，他聽出是沙玲跟紀萱萱叫他。

兩個小妮子也很快到了陳九皐面前。

「陳大哥，你的興致好好啊，陪小姐出來玩。」紀萱萱笑著說，並飛快的向莊美華掠一眼。

「今天是特別服務，因為找我做家教的這位莊小姐，要到植物園散散心，我便陪她到這兒走走，過來吧，我給你們介紹認識。這位是莊美華同學，這位是沙玲小姐，這位是紀萱萱小姐，都是我的小妹妹。美華，你以後寂寞的時候，也可以找她們兩位玩，她們都是很好的。」

「歡迎你跟我們一起玩。」紀萱萱很誠懇的說：

「那你倆就把電話給她吧，美華的生活圈子很窄，很需要友誼，讓她打電話跟你們連絡。」

「好！」沙玲走過去跟莊美華握握手：「我們很高興能交你這樣一位好的朋友。」

接著沙玲跟紀萱萱都把電話抄給莊美華。

「打電話給我們呀。」紀萱萱把紙條遞過去時說。

「我也歡迎你們打電話給我，或到我家裡玩。」莊美華也把電話給了他們，高興得有點激動。

沙玲跟紀萱萱揮揮手就灑脫的走了。

在寄車處取出輪椅，陳九皐便扶莊美華坐上去。走到無人處，莊美華便停住輪椅，仰起臉來問：

「老師，這兩位小姐，那位是你的女朋友。」

「那位也不是，我現在不交女朋友。」

「老師騙我。」莊美華轉動著眼珠朝陳九皋臉上看：「我曉得是誰了，沙小姐對不對？」

「真的我沒有女朋友，她們都是我的小妹妹。」

「老師，你別以為我不懂啊。」莊美華的眼珠又轉了一下：「可是我看得出來呀，沙小姐看你時候，眼神好奇怪啊，我就知道她愛你。」

「別胡說。說不是，就不是。」

「真的？」莊美華反而感到奇怪了。

「我騙你幹嘛？」

「那你為什麼不追她？」

「你看我配嗎？」陳九皋笑著反問：「沙小姐那樣漂亮的女孩子，會把我看在眼裡？」

「我覺得多數的女孩子，都會喜歡你。你知不知道？老師。我對你最佩服了，你家裡那麼苦，你還能考上最好的大學，還那麼用功奮鬥。我說你要追沙小姐，一定追得上，她一定也會很喜歡你。」

雖然陳九皋絲毫沒有那種想法，但被莊美華一講，也心頭甜甜的。他敲敲輪椅笑道：

「丫頭！你瘋了！說話也瘋瘋癲癲。我再坦白的告訴你一句，在五年之內，我絕不會去跟女孩子談情說愛；我不能害自己、也害別人。」

「要那麼久啊？」

「我得先具備談戀愛的條件啊。」

「不過沙小姐即使不是你的女友，我還是十分羨慕她。她那麼美麗，那麼健康，那麼快樂。」

「你不是也很幸福嗎？」

「我比她差遠了。」莊美華的眼神中，透著一種訴說不出般的淒涼：「我永遠不會像她那樣快樂。」

陳九皐連忙安慰的拍拍莊美華說：

「別老羨慕別人的幸福，也想想自己的幸福，就會很開心。何況你看到別人的快樂，祗是表面。也許她也有煩惱和悲哀，祗是你看不到罷了。」

「會是這樣嗎？老師。」

「是不是這樣，我也不曉得。不過一個人要自己找尋快樂，才會快樂。要去找尋煩惱，那就永遠不會快樂。」

「我信你的話，老師。」

十八

「萱萱，我是沙玲？」

「幹嘛？」紀萱萱在電話旁邊坐下來，準備長篇大論的聊。這兩個女生碰到一起，有講不完的話。

「何欣欣剛打電話來，邀我們去她家玩呢。」

「何欣欣？何欣欣是誰？」

「就是我同班那位同學，你忘了？你倆在我家見過面。還說要邀你到她家玩的那位嘛！」

「哦！我想起來了，她有個哥哥像野馬似的。」

「對的，一點不錯。」

「她幹嘛邀我到她家玩？」

「她說很欣賞你，要交你這個朋友。她最近買了一套新音響，花了五萬多塊。」

「真的？她幹嘛要那樣豪華？」

「她哥哥做生意賺錢，送她的。我聽過，棒極了。」

「我倒很欣賞她哥哥那種豪爽的性格，大方起來海得天翻地覆。那麼好的音響，我倒要好好去欣賞欣賞。」

「她約我們這個星期天下午到她家去。」

「我答應去。」

「但有一個難題啊，她還要邀陳大哥去。」

「她幹嘛邀陳九皐？她認識他？」

「不認識，但見過他。」

「這怎麼個說法？」

「我們上次請陳大哥看電影的時候，恰巧她跟她哥哥也出來看電影，見到了。可是我想陳大哥的時間那麼寶貴，又不認不識的，他一定不會去。」

「這倒是實話。」

「這個難題就交給你，好嗎？無論如何都要想辦法把他拖去，我已經答應何欣欣他會去。」

「好吧，試試看吧。」

「我知道你對他有辦法。」

「大不了，來硬的，硬拖。」

果然陳九皐再拗，也拗不過紀萱萱這關，只有乖乖的隨沙玲跟紀萱萱兩人去何欣欣家裡。

「嗨！萱萱！我們好久不見了！」

他們剛走進何家的大門不遠，何欣欣便從樓上看到他們，立刻從上面飛奔下來，高興得一面揮舞著手，一面叫著迎上去。

「是啊！我也好想你啊！所以沙玲說要我今天到你們家裡玩，我就高興的跟她來了。」

「上次沙玲來玩，我還說邀你來呢。」

「為什麼不打電話給我？」

「天氣太熱，怕你不願出來。」

「才不會呢，祇要你一個電話，又有音樂好聽；就算大太陽壓在頭頂上，我也會扛著它跑來。」

「你倆少說一句吧。」沙玲見兩人嘰嘰呱呱一直說個沒完，把陳九皐冷落一邊，便笑著拉拉何欣欣：「等會有的是時間讓你們談。欣欣，我來給你介紹這位客人。」她指指陳九皐：「這位就是陳大哥陳九皐。」

何欣欣便熱情的說：

「陳大哥，歡迎你到我家玩。」

陳九皐不習慣這種女孩子唧喳亂叫的場合，一時訥訥不知所云。紀萱萱調侃的說：

「陳大哥，交新朋友要有見面禮啊。」

「什麼見面禮？」陳九皐不解的問，臉卻頓時變得通紅。他以為紀萱萱指的是要帶禮物，他根本沒想到這一點；他也不習慣這種交際應酬。

「你把手伸出來。」

「伸手幹什麼？」陳九皐真的伸出手。

「打呀，欣欣。打三個手板做見面禮。」

「你呀，萱萱。」何欣欣畢竟是主人，極有做主人的風度。雖也忍不住笑了，卻十分正經的說：「陳大哥這樣老實的人，你怎麼亂開玩笑。」

沙玲這時在一旁笑道：

「你不曉得啊？紀萱萱吃定陳大哥了。」

「真的嗎？陳大哥。」何欣欣跟著問。

「也算真的。」陳九皐也笑道。

「真的就真的，怎麼『也算真的』？」何欣欣也笑陳九皐老實。

「我來回答好嗎？」紀萱萱搶先接過話頭：「這個『也算』的意思，是我沒有全部吃定他，祇吃一半；另外的一半，被沙玲吃定了。」

「走吧！到裡面坐吧。」做主人的結束這段公案，當先帶路向小樓走去。

在二樓的起居間，已經擺好一張長方形桌子，上面放了幾碟瓜子、糖果、蜜餞之類。已有一個人坐在桌前，就是何勤伯，拿著一杯可樂在喝。他見他們走上樓，馬上起身迎上去。也不問陳九皐是什麼來歷，便把大手一伸，就上前跟他握手：

「最好！最好！有你來最好。剛才我還在耽心，等會六七個女生在一起，我跟他們單打獨鬥，一定要吃虧。有你在這裡，就不至被她們欺負太甚。」

他說罷扭轉身，拿起一杯可樂給了陳九皐。

「乾杯！」咕嚕一聲把大半杯可樂倒進嘴裡。

陳九皐見狀，不能不喝，也一口氣喝下去。

「何哥哥，你曉得陳大哥的胳臂向那邊彎，就說這種話。」沙玲笑盈盈的坐下了。

「我們這一乾杯，就成為聯合陣線。」

「你今天請我們來，到底幹嘛？」沙玲聽說有六七個女生，就曉得一定有緣故，便急忙問何欣欣。

「星期天嘛，請大家來玩玩。」

「不對！不對！」紀萱萱坐在桌子頭上搖頭晃腦掐著手指說：「依照本人的諸葛神算，我們一定上當了。你從實招來吧，欣欣。別等本法師揭你的底牌。」

「真是邀你們來玩嘛。」

「讓我來宣佈答案好了。」何勤伯站起來說：「今天是欣欣十八歲的生日。」

「過生日為什麼不告訴我們，我們連禮物都沒帶。」紀萱萱的性子急，沒等何勤伯講完，就叫起來。

「慢著！慢著！我的話還沒講完。」何勤伯張開臂揮動著要大家別叫：「禮物的事情，我已經替你們代辦，我知道你們都很有錢，花個千兒八百沒有問題。我就給欣欣買個跟鮮花一模一樣的禮物，等會你們攤錢就好了。」

何勤伯這樣一講，別人不緊張，陳九皐卻不安起來。

這時何欣欣急忙站起來說：「你們別聽我哥哥的話。」

「我講的絕對是真話，絕對是像鮮花一模一樣。」

「到底什麼嘛？」沙玲也焦急的問。

「姑娘十八一朵花，一朵玫瑰花。本來花店裡的玫瑰五塊錢一朵，可是我選了一朵特別大的，他們要我二十塊。二十塊就二十塊吧，反正不要我花錢，乾脆替你們大方大方。我已經給你們算好了，二十塊錢，八個人攤，每人出兩塊五毛錢。等會沙玲要負責給我收錢，少一個都不成；誰要沒有錢，就剝他的衣服。」

「你呀，何哥哥。老說大話嚇人。」

「哈哈！」

十九

客人沒有多久就到齊，除了陳九皐跟何勤伯，全部都是女生。七八個女孩子在一起，何欣欣雖把她那套音響搬出來，讓大家聽音樂；但也休想靜下來，祇聽你一言，我一語，唧唧喳喳個沒完。何勤伯還真有一套本領，大家胡扯，他也跟她們胡扯，嘻嘻哈哈的大笑。

陳九皐就不成，他不習慣跟女孩子胡扯，也想不出什麼話好說。祇坐在一旁發呆，神態漠漠的。

這情形看在沙玲眼裡，覺得他那樣傻傻的坐著，一定很難過。她自己儘管也不喜歡胡扯，但這些女孩子她每個都認識，也就不會有被夾牛肉乾的感覺。

她走過去對陳九皐說：

「我們不要跟他們吵，我帶你到三樓玩去。」

「三樓有什麼玩？」陳九皐現在謹慎了，免得再上當。

「你會不會打斯諾克？我們撞球去。」

「不會。」陳九皐搖下頭。

「誰會打斯諾克？我跟他比賽。」何勤伯聽沙玲講打撞球，也跟著嚷起來：「我可以讓他三個布拉克。」

「我跟你打，何哥哥。」紀萱萱連忙站起來。

「你會打啊？別戳破檯布啊！」

「反正戳破檯布也用不著我賠。」

「那我們就去打桌球，陳大哥。」沙玲也不會打斯諾克，祇不過要陪陳九皐到三樓散散心。現在見撞球檯被別人搶走，祗有打桌球：「你會打桌球吧？」

「會一點點。」

「那就行，這又不是選拔世運會選手。」

四人上了三樓，分別進了撞球室跟桌球間，捉對兒廝殺起來。紀萱萱根本沒打過撞球，連撞球桿都不曉得怎樣拿，祗把球桿在球檯上胡戳亂撞，不是戳不到球，就是把球戳得亂蹦亂跳，好幾次把球戳得飛出球檯。弄得何勤伯都亂了章法，不知怎麼打才好，一個勁喊道：

「受罪！受罪！」

桌球間的兩個人倒打得很起勁，彼此技術都蹩腳，反而一來一往打得有聲有色。他們一共打了三局，第一局陳九皐勝，第二局沙玲勝。第三局打到沙玲二十對十八的時候，她一個球殺過去陳九皐沒接住，這一局又結束。二十一比十八，沙玲又勝，總成績沙玲二比一。

沙玲沒再繼續發球，放下球拍說：

「不知他們撞球打得怎樣？」

「我想一定很熱鬧。」

「你怎麼曉得熱鬧？」

「跟何先生在一道，還會不熱鬧。」

「此言有理。跟何哥哥在一起不會寂寞。」

「我也十分羨慕何先生這種性格。」陳九皐見沙玲沒有再打的意思，也放下球拍：「我還很少見過像他那麼豪邁直率，又那樣熱情的人。好像一點都不陌生。」

「對！這就是他的可愛處。」

「你們女生都喜歡這樣的男孩子，對不對？」

「那倒不一定。」沙玲走到窗前，斜倚在窗邊，目光投向窗外那一帶綠野：「不過我曉得，他的女朋友起碼有幾打；也許我的話你不信，不過大多數的女孩子，都喜歡他這種性格。因為他那種開朗的性格，跟他在一起玩，都能夠玩得很盡興，有一種快活感。但我還是覺得，他有時候太玄。」

「或許你跟別人不同。」

「有什麼不同？」沙玲從窗口轉回頭。

「我也說不出來，但我覺得你跟別人不同。」

沙玲把身體轉回來，想了一下，輕盈的笑笑說。

「不過我對他卻極尊敬，就像我對你一樣，也是十分尊敬。要功課上有問題，祗要找到你，就沒有解答不出來的難題。如果我別的事情碰到困難，一個電話給他，他就會幫我辦得熨熨貼貼；從來不會嫌麻煩。最絕的，是他身上要有錢，就會邀欣欣跟我及其他女孩子出去吃館子。請客是他的嗜好，你要不讓他請，他會難過得要死。」

沙玲說著慢慢仰起臉，眼角泛起一抹嬌暈。

她又低迴的笑笑說：

「還有人說他追我呢，可是我曉得，他絕對不會追我。他對我那個好法，跟對欣欣差不多。他有一次還跟我開玩笑的說：我要有了男朋友，要先帶給他看看，過了他那一關才可以。不然，他會把我的男朋友趕跑。」

「那你的對象是個什麼樣的人呢？」

「早哩，要等考上大學以後再說。」

「對！」陳九皐猛一伸手說：「我非常贊成你那種想法。現在什麼事情都不要想，把全副精神都放在明年的大學聯考上，一定把它考上。這是人生的關鍵，你應該把握住這段青春最寶貴的時刻；那時候就不愁沒有哈巴狗，排隊對你搖尾巴。」

在沙玲跟陳九皋閑聊的同時，隔壁的撞球室內，何勤伯跟紀萱萱也一面打著斯諾克一面談話。

何勤伯極認真的問紀萱萱：

「我看沙玲是被那個姓陳的迷住了。」

「沒有的事，何哥哥。」

「怎麼『沒有的事』？你以為我看不出來。」何勤伯也不撞球了，把球桿拄到地上：「剛才那麼多人玩得快快樂樂，她偏要跟那傢伙到三樓來。到這裡幹什麼！還不是這裡沒人，跑來說悄悄話。」

接著他又揮舞一下球桿，像要打一只紅球。但祇瞄了一下，又把球桿收起來說：

「你聽我講，萱萱。我跟你雖然還不很熟，可是我要是喜歡你，就會像妹妹一樣待你，誰要是欺負你，我就要管。就像沙玲一樣，她是欣欣最要好的同學。就是我的妹妹；我怎麼能讓她受那傢伙的騙。你替我告訴沙玲，說我不准她跟那傢伙談戀愛，像她那樣鮮花一般的女孩子，還怕沒有人追；幹嘛去找一個連話都不會說的人。你也替我告訴那姓陳的，叫他以後別纏沙玲，不然，就叫他小心我的拳頭；像那種渾身都是骨頭的傢伙，我一拳頭出去，不打得他翻兩個跟斗才怪哩。」

於是他把球桿放下，驀地一揮拳。那個像鐵球般的拳頭打出去，真的虎虎生風。

紀萱萱嚇了一跳，向後退一步。

她弄清是怎麼回事，馬上笑道：

「你幹嘛呀，嚇了我一跳。我說何哥哥，別說沙玲跟陳九皋還不是談戀愛，就算是，你又何必去管。」

「我怎麼不管。」何勤伯猛一瞪眼，把球桿朝地上一頓說：「她是我妹妹的同學，就是我的妹妹。姓陳的憑什麼追她？他那一點配。」

紀萱萱見何勤伯那個樣子，便又笑道：

「何哥哥，你不讓別人追沙玲。是不是你在追她？」

「你這個小丫頭！你講什麼！」何勤伯把眼睛瞪得更大，伸手直直的指著紀萱萱：「我追沙玲！我跟你講，萱萱。我對沙玲好，要是存一點私心，馬上招雷打。我配她呀？我這麼一個粗布佮頓的傢伙，更配不上她。」

「那你為什麼一定要管人家的事？」

「為什麼？不是已經告訴你了。」接著何勤伯猛搖一搖手說：「好了！好了！你不管就算了！我自有辦法。我自己去找那小子談判，行吧？」

二十

走出閱覽室的大門，沙玲把兩臂張了張，呼吸一口新鮮空氣。從進了圖書館就一直坐著沒動過，人多、空氣很悶，她覺得兩眼澀澀的。

一陣冷洌的氣流掠過她的身畔，帶給她一陣夾著寒意的清爽。她站在走廊下面向外望，天是陰沉的，落著毛毛的細雨；那飄呀飄的雨絲，在眼前飄成一片濛濛。屋宇和林木，也被雨打得濕濕的。沙玲掩掩衣服的領子，她覺得有點冷。冬季的臺北，氣候總是這麼討厭，乍陰乍晴，難得有好天氣。就像一個整天鼻涕不斷的孩子，一面揩、一面流，別想看到一張乾淨可愛的面孔。

在屋簷下的牆壁上，橫七豎八靠了許多傘。可是沙玲出門時候，竟然忘了帶傘。

陳九皐也很快的走出來，他站到沙玲旁邊說：

「你說奇不奇怪？沙玲。」

「什麼事情奇怪？」沙玲掉臉望望他。

「何勤伯約我今天下午兩點鐘，到西門町頂呱呱咖啡間會面。又沒說有什麼事情，我跟他又不熟；祇見過一次面。他約我做什麼？真叫人猜不透？」

「一定有事情吧？」沙玲想了想說：「如果什麼事情都沒有，他不會無緣無故約你。」

「我想也是啊，不然他沒有理由約我。」

「你要不要去呢？」沙玲關心的問。

「人家約我，當然應該去。」

「我也贊成你去。」沙玲看著院裡的樹木說。雲層裂出一條縫隙，露出一縷明麗的陽光：「我想也不會有什麼大不了的事情，他那個人就是好交朋友；說不定他請客的癮又發了，要請你好好吃一頓呢！」

「可是我問萱萱，她叫我不要去。」

「她怎麼說的？」

「她再沒說別的，祇是笑。她又叫我來問你，她說你對何勤伯的了解比她多。」陳九皐面對著沙玲望了一眼。

「不過我想，去還是應該去。就算他有事情想請你幫忙，你也一定會幫他。何況像何哥哥那樣的人，跟他交個朋友，祇有好處，沒有壞處。」

「你陪我去一趟好不好？」

「好吧。」沙玲爽快的答應著。

陳九皐走開後，沙玲便把紀萱萱找出來，紀萱萱仍笑著不告訴她。事實紀萱萱也祇是根據那天在撞球間的談話，加以猜測。何勤伯葫蘆裡到底賣的什麼藥，她同樣不清楚，祇是覺得小心為妙。何勤伯那麼粗粗壯壯，一拳播過來，真可以把陳九皐的骨架子打散。現在聽說沙玲要陪他去，紀萱萱也就安心多了。何勤伯的性子再莽撞，也不至於當著沙玲的面，就揮拳頭。

星期天下午兩點鐘的時分，正是咖啡間生意最好的時刻。沙玲跟陳九皐走進頂呱呱咖啡間時，已經座無虛席。祇見煙霧瀰漫處有人向他們招手。

沙玲定睛看看，便認出是何勤伯。

可是他們走過去時，何勤伯第一句話便說：

「你怎麼也來了？沙玲。」

「我陪陳大哥來的。」

「我沒約你啊。」

沙玲被講得很難堪，卻沒生氣，她曉得何勤伯的話雖那麼衝，絕不是有心的。她笑著頂過去：

「是陳大哥要我陪他來。頂呱呱咖啡間也不是你開的？非要你約不成，我自己不可以來？」

「好好！你有理。」何勤伯連忙舉起兩手遮攔著表示讓步：「這樣好了，我給你叫一杯冷飲，自己找個地方看書去，越遠越好，不能聽我們的談話。等我跟陳先生談完話，打電話找欣欣，我們一起吃烤肉去。」

沙玲見何勤伯這樣講，自己就先打電話找何欣欣。

這時陳九皐已經在何勤伯對面的位子上坐下。

等何勤伯坐下後，陳九皐便開口說：

「請問何先生找我有什麼事？」

「你今天怎麼跟沙玲一道來了？」何勤伯沒有回答陳九皐的話，反倒眼神炯炯的問他。

「因為你約我也沒說有什麼事情。」陳九皐沒覺察出對方目光中，含有敵意，十分坦誠的說：「使我不知道怎麼辦才好。我曉得沙玲跟你很熟，今天在圖書館見到她，就請她陪我到這裡來一趟。」

「那你們經常見面了？」

「大概每星期最少見一次。」

「為什麼會那麼肯定呢？」

「因為星期天大家一定到圖書館看書。」陳九皐這時才發覺何勤伯話裡有話，抬眼看看他，慢慢的說：「在那裡，就一定會碰面。」

「那你們一定很好了？」

「對的！」陳九皐點點頭。

「陳先生。」何勤伯正正身體，又聳聳肩：「你不是問我找你有什麼事嗎？就是為這件事。」

「什麼事啊？」陳九皐還沒醒悟過來。

「你老兄是故意跟我扯淡？還是裝糊塗？」何勤伯把身子向前一傾，歪著頭問。

「我怎麼跟你扯淡。」陳九皐見何勤伯那副形狀，心頭也火刺刺的：「你把話說明白嘛！」

「你這還不夠明白？」何勤伯兩手一攤。

「這什麼意思？」陳九皐也一攤雙手。

「好吧！我看你老兄是屬蠟燭的，不點不亮。那我就明白的告訴你，我不准你追沙玲。」

「我追沙玲啊？我什麼時候追過她？」陳九皐緊接著說。

「你不追她，你整天跟她在一起纏什麼？」

「你這話是什麼意思？老兄，這就叫追她？」

「你怎麼追她？我曉得？過去我不知道便罷。現在我知道了，我就要警告你，不准你追她。」何勤伯把拳頭舉起來，在空中來回幌著。

別看陳九皐平時文文靜靜，脾氣也很倔。見何勤伯那個氣勢洶洶勁，就不吃那一套。

他也一挺腰幹冷笑的說：

「我追不追她，你管不著。」

「我偏要管！」

「你憑什麼管？」

「因為你配不上她。」

「配上配不上，是沙玲的事情，你也沒有資格管。」

「你到底聽不聽我的勸嘛？」何勤伯在座位上兩手一扭腰，身子也斜起來：「我是好話跟你講，不是跟你來打架的，幹嘛那麼兇來兮的？老實說，像你這樣渾身都是骨頭的人，三個五個都不中用。」

「我也不是來跟你打架的，老兄。」

「那我講的話，你為什麼不聽？」

「我為什麼要聽？」陳九皐張開臂把一手揚，倔得把頸子挺直：「你自己講，你有沒有道理？你也不把事情弄清楚了，三句話不過，就不准我追沙玲。你憑什麼說這種話嘛？別說我還沒有追沙玲；就算我追，你也沒有資格管哪？不然，就是你自己在追她。」

「我才不會追她。」

「那不得了。你不追她，別人追，與你有什麼相干？」

「別人追都可以，就是不准你追。」

「那為什麼？」

「再告訴你一遍，你不配！」

「我也告訴你，我追不追，你管不到。」陳九皐說著猛地站起來：「對不起！再見！」

「走！你往那裡走！」何勤伯也忽的站起來，把手猛一伸，就抓住陳九皐胸口的衣襟：「先把話說明白，我剛才講的話，你到底聽不聽？」

陳九皐一挺胸，站在那兒腰幹挺得繃直。面無表情的昂著頭。也不講話，也不理何勤伯。

「講話呀？」何勤伯把衣襟拽拽。

陳九皐祗用眼瞪瞪何勤伯，目光冷冷的。

何勤伯又把衣襟拽拽。

陳九皐又把頭昂昂，好像一點都不怕。

何勤伯突然一鬆手，大姆指也豎起來。

「哈哈！你真行！老兄！你真有種。」

陳九皐仍不作聲，邁步就走。

何勤伯又把他一把拉住。

「別走！別走！咱們好好聊聊。」

「還有什麼好聊？」陳九皐的聲音仍冷冷的。

「我服你，老兄。我一定要交你這個朋友。」何勤伯拉著陳九皐不放：「你曉得，我最服的就是你這種人。穩的很，拳頭到了鼻尖，都面不改色。你儘管去追沙玲好了；就憑你這種精神，就有資格追。要不要我幫忙啊？需要我效勞的地方，一定會盡力而為。」

陳九皐的臉色緩和下來，也笑了。

「你幹嘛呀！老兄，這是從何說起？」

「好！我為剛才的魯莽，向你道歉。」何勤伯笑著伸出手，把陳九皐的手用力握住。

一場眼看就要颳起的風暴，轉眼間便無聲無息的靜下來，兩人重又坐回卡座上。徒然把緊張的站在旁邊的服務小姐，嚇得心驚膽跳，這時才鬆口氣走開。

陳九皐端起咖啡喝了一口。他見何勤伯的態度改變那麼快，對他一片真摯，一片熱情，憋在心頭的氣早已經消了。便心平氣和的對何勤伯說：

「何先生，照理說，我也應該跟著沙玲和紀萓萓一起叫你一聲何哥哥。坦白的說，我很羨慕你這種豪邁開朗的性格；要是我，怎麼也不會這樣放得開。所以我非常希望，能跟你交個朋友，學學你的開朗。可是你今天說的話，卻差一點把我氣炸；但我對你還是非常佩服。為什麼？因為你並不追沙玲，祇因為她是你妹妹的同學，你就把她護得那麼緊，這種精神確實偉大。」

陳九皐說著抬眼看看何勤伯，又喝一口咖啡。見對方不講話，他又接下去說：

「再跟你坦白的說一句，何先生。我向你保證，我絕對沒有打沙玲的主意，我也沒有追過任何一個女孩子。因為我現在根本沒有追女孩子的條件，何必去惹那些煩惱。」

何勤伯現在一點火氣也沒了，他輕鬆的搖著手說：

「不談！不談！那些事現在不談。」

「那我現在可以走吧？」

「不成，烤肉還沒吃哩。」

「那沙玲可以過來了？」

「對，你去把她喊過來。」

陳九皐便起身向沙玲坐的位置走去，但他回來時，竟帶來兩個人。原來沙玲已經把何欣欣拖來。

沙玲坐下後，便俏笑的問：

「你們到底在談什麼呀？」

「保密，絕對機密。」陳九皐連忙回答。

二

「陳大哥，謝謝你送我這麼遠，再見。」

沙玲打開門，轉回身說。傍晚的雨，又下得大起來，挾在冷風裡，斜出一種刺骨淒冷。晚上吃過烤肉後，他們便跟何家兄妹分道揚鑣。在街口下了公車，沙玲因為沒帶傘，陳九皐便義不容辭撐著傘送她一程。

「送你到玄關吧，別送了半天，結果還淋到雨。」

「也好。」

於是陳九皐撐著傘一直把沙玲送到屋簷下，才轉身走出去，同時替她把大門帶上。

沙玲一走進客廳，迎面便碰見父親的目光。

「沙玲，剛才是什麼人送你回來？」

「一位陳大哥。」沙玲很自然的說。

「那裡又來了位陳大哥？」

「就是我有一次跟你說過的，紀萱萱的那位鄰居。」沙玲脫掉外衣，隨手放到沙發背上，把凍得發木的手合在一起搓搓：「也是紀萱萱哥哥的大學同學。」

父親點點頭，不動聲色的繼續問：

「你今天到那裡去了？」

「沒到什麼地方啊。」

「那怎麼臉紅紅的？」

「我們去吃烤肉囉。」

「看吧！」父親抬起手，用食指點動著說：「自己都說漏嘴吧！我剛剛問你到那裡去了，你還說沒到什麼地方；現在又說去吃烤肉了。你的謊話總算被我逮到了吧，就憑你這句話，可見你別的話也都是謊話。」

「爸爸，你怎麼能這樣講呢。我說沒到什麼地方也不假呀，吃烤肉也不是什麼特別地方。」

「對！」父親用力點了下頭：「吃烤肉也不是什麼特別地方，你為什麼不直接跟我說呢？因為你每天出去的名義，是到圖書館溫習功課，那麼你說沒到什麼地方，也等於說，你一直都在圖書館裡。今天你如果不是吃得臉紅紅的，被我看出來，你才說去吃烤肉。不然的話，你無論跑到那裡，我們都以為你在圖書館裡用功。」

經父親一分析，沙玲一時不知所云了。

她停了一晌向父親辯道：

「可是我除了去吃烤肉，沒再到什麼地方。」

「也對！」父親又用力點下頭：「這年頭看電影，吃館子，喝咖啡都不算什麼大不了的事。那你為什麼要瞞我呢？這就叫做『做賊心虛』。」

「爸爸，你聽我說嘛。」

「好！我聽！」父親翹起二郎腿，往沙發上一靠。同時拿出香煙點上一支，做出一副靜聽的模樣。

「我把全部經過說給你聽好了，今天是何哥哥約陳大哥有事情，因為陳大哥跟何哥哥不很熟，就要我陪他去。他倆把事情談完了，何哥哥就請他妹妹、陳大哥跟我去成吉斯汗吃烤肉。全部經過就是這樣，沒有一點假，不信你打電話問何欣欣。」

父親用力抽了一口煙，慢慢吐出來，在他面前散成一層朦朧。然後取下香煙彈彈煙灰說：

「又叫我打電話問別人，我要是整天東一個電話問我的女兒，西一個電話問我的女兒，那我的女兒豈不變成一個什麼樣的問題人物？我這個做爸爸的就是再胡塗，也不至於胡塗到各處打電話的程度。」

「誰叫你不信女兒的話。」

「好了！好了！」父親從沙發上坐直身體，把香煙也放進煙灰缸裡：「我們不要再談烤肉，再談我的饞蟲都勾起來。過幾天還要帶你們去吃一餐烤肉，多划不來。我們談談你講的那位陳大哥吧，你不要以為爸爸沒見過他，爸爸見他的次數起碼十次以上。」

「爸爸在那裡見過他？」

「我先問你，他叫什麼名字？」

「陳九皐。」

「名字不錯。『鶴鳴於九皐，聲聞于天』。可是你怎麼曉得他是在讀大學？」

「有紀萱萱跟她哥哥作證，他們也住的很近，在同一條巷子。並且我們功課上有什麼難題，都是找他問；他好棒啊，解釋的比什麼都清楚。」

「所以你就要跟他交朋友？」

「爸爸怎麼說這種話呢？」沙玲聽出父親話裡帶刺：「我怎麼又跟他交朋友了？」

「難道我說的不對？不然他為什麼送你回來？」

「是啊！是朋友啊！」沙玲一氣就說得很快：「那也沒有關係呀！可是爸爸講那個話的意思，好像我在跟他談戀愛似的。爸爸，你怎麼老不相信我？我說過多少次了，不考上大學，絕不交男朋友。幹嘛一見我跟男生走在一道，就以為我有了男朋友。現在社交這麼公開，除非我不出門，出門就免不掉碰到熟人。那我連句話都不能跟男孩子講了？像今天陳大哥送我回家，因為天下雨，他又有傘；他總不能眼看著我淋著雨回來吧？這是人之常情，他送我回來，有什麼不對？要是他不送我，讓我淋著雨跑回來，那才是不通情理哩。」

父親被沙玲劈哩吧啦語無倫次的講了一頓，也感到很尷尬。他突然想到太太過去講的話，女兒大了，現在一看眼前的情形，她是大了，懂的事情也多。對這樣一個嬌滴滴的大姑娘，他就無法再像過去那般疾顏厲色。

於是他反而陪笑的說：

「我才說了一句話，你就開機關槍。」

「爸爸說那種話氣人嘛，老是捕風捉影。現在時代已經不像過去了，女孩子跟男孩子交交朋友，也不算大不了的事。如果再能互相切磋鼓勵，彼此幫助，不也是很有益處的事情？祇要不牽涉到感情的糾紛。」

「你有把握不牽涉嗎？」

「我有把握。」

「好！我相信你，沙玲。」父親這時把身體一轉，臉對正她：「你曉得我在什麼地方見過你那位陳大哥？就在我們的大門口。你想得到嗎？」

「我曉得。」

「你曉得什麼？」

「他是來送報時被爸爸見到。」

「你也曉得他送報？」

「當然曉得，還曉得為什麼他會到我們家送報。因為他爸爸病了，不能送，他代替他爸爸來送，爸爸是不是因為他送報？就不讓我跟他來往。」

「我說過這種話嗎？只是我覺得圖書館太亂，不如家裡靜。」

「那我以後就不去圖書館好了，免得爸爸耽心。」

二二

沙玲嚙咬著鉛筆向外望，天色是陰沉的。連著幾天都是這種淒淒的雨，真煩人。她打吃過晚飯，就躲進房間裡用功，可是打開課本，卻又看不下去。也許是關著窗子的關係，太悶。於是又把窗子打開。

一陣寒風便隨著撲進來，無數雨絲也驀地撒下來。燈光下，撒成一桌子眨動的光。她拿起一張紙，抹掉那一片濕，並揉了下耳畔那股寒意。

再關上窗子吧。

可是她沒關，她懶得伸手，祇把銜在嘴裡的鉛筆轉動著咬。眼雖盯在課本上，但沒看進一個字。

還是去圖書館吧。

不成，她答應過父親不去圖書館了。

那就安下心來用功吧。

她把課本拉近一點，馬上又推遠，她的心是無法集中到書本上了。窗外的雨，還在淒淒零零的落，簷滴一聲一聲敲著地面，就像敲在她心頭，敲得她亂頭無緒。幹嘛一定要考大學啊？不考，現在不是什麼煩惱都沒有了，用不著這樣下苦工的用功。那麼想要看書就看書，不想看書就看看電視或看一場電影；再不然就聽聽音樂，生活不是很愜意嗎？可是現在為了考大學，電視不能看，電影也得自我克制，除了特別好的片子，是不會去浪費寶貴時間的。可是世界上最苦的事，就是你不喜歡讀書，卻要非讀不可。那滋味就像生啃黃連一般，苦得一口都吞不下去。

打開電唱機聽聽吧，聽著音樂用功；輕鬆愉快的旋律，也許能沖走心頭的煩惱。是好一點，但仍理不清心頭的紛亂。不讀吧！她站起來走出房間，在餐廳找到咖啡，便自己沖了一杯。母親在客廳裡看電視，聽到聲音轉臉問：

「沙玲，你在做什麼？」

「我沖一杯咖啡喝。」

「要不要吃餅乾？冰箱裡有餅乾。」

「不要。」

那知她前一步把咖啡端進屋裡，母親後一步拿著一大條餅乾和一個大橘子跟進來。

母親就這麼好，時時刻刻都在關懷她。她聽說沙玲今天不去圖書館看書，便買來一大堆吃的東西放在家裡，準備她隨便取用。這兩年來，她一直都在想辦法幫助沙玲，好讓她專心用功。無奈她能幫沙玲的地方實在太少；時代進步的太快，連過去在學校學到的東西，跟今天學校裡的功課，都有點方柄圓鑿。因此她有時忙了半天，還是出力不討好，惹得女兒直皺眉頭。那時候母親就會慨嘆一聲，走到客廳裡坐下，不言不動，望著窗外出神。但過不一會兒，她就會把剛才那段不愉快，忘得乾乾淨淨，依然來為她忙吃忙喝。

對於母親這種可愛的性格，沙玲十分欽佩，也很想能學得到。因為母親，即使是面對著天大的憂慮，也不過愁上五分鐘，轉眼間就雨過天青。所以當沙玲感到煩惱時，就會奇怪母親為什麼會那樣安逸，什麼事情都掩不住她臉上的笑容；莫非是她不喜歡思想？沒有慾望？而她不能夠像母親那樣愉快，大概是想的太多，慾望太多。如何才能像母親那樣擺脫憂鬱？也許要等到她有一個屬於自己的家的時候，就會把別的思想和慾望，全部驅出她那個世界；也變得像母親一樣，心裡祇有丈夫跟子女。把他們捧得高高在上，比自己都重要。然而，這是很難做到的啊。她那個小腦袋整天不停的轉，思想也一刻不能停止，慾望又怎能減低呢？

不過那都是些遙遠的事，到時候是一個什麼樣子，她自己都不能預料。但是她相信，將來的世界一定會很寬闊，考取大學，路子自然就會寬廣起來。別煩了，安心的用功吧。青春！青春！她一定要把珍貴的青春，用在最有意義的事情上，讓青春的花朵燦爛開放。

母親把餅乾跟橘子放在書桌上說：

「這個給你看著書吃。」

「謝謝你，媽媽。」

「怎麼還開著窗子？」

「我剛才悶的慌，打開清爽清爽。」

「小心著涼啊。」

「不會的，冷了我就會關。」

母親在床沿上坐下，她看到女兒的頭髮有點亂，便伸手去幫女兒把頭髮梳攏整齊。

「在家裡看書不是很好嗎？為什麼一定要到圖書館？」

「我讀不下呢，媽媽。」

「靜下心來，靜下心來就好了。」

「可是我好煩哪。」

「要煩，就休息休息，出去看看電視。」

「我才不要去看電視哩。沙玲拿起一塊餅乾，慢慢咬著吃：「被爸爸看到，又要嘀咕。他已經快把我逼瘋了，我何必去自找麻煩。」

「不要怨爸爸，沙玲，爸爸也是為了你好。」

「我不會怨爸爸的。可是爸爸有時候那麼不講理。本來沒有的事，硬往人家身上栽。像昨天吃烤肉那件事，什麼毛病都沒有，他偏一個勁兒講我說謊，你說叫人氣不氣？」沙玲講著的時候還有點氣，可是說完又笑了。

「過去的事，不要再講了。沙玲，你一定要好好爭一口氣，把大學考上。你爸爸對這件事情，重視的不得了，你一定不要使他失望。」

「我知道，媽媽。」

「那你看書吧，我走了。」母親愛憐的在沙玲背上拍拍，便站起來要走。

沙玲馬上拉住她。

「你不要走，媽媽。」

「做什麼？」

沙玲什麼都沒說，祇撒嬌的趁勢倒在母親懷裡。同時用手攬著母親的頸子，另一隻手幫母親梳攏頭髮。母親依然是那麼年輕，那頭漆黑的頭髮，觸到手上油光水滑般的柔和。而那張慈愛的臉，上面雖沒有顯明的笑容，卻是那麼暖，那麼柔；好像會從上面拂出陣陣春風，直暖到她的心窩。她躺在她懷裡，就像置身在一個最安全溫暖的地方；她突然覺得任何東西對她都不重要。學問、友誼、愛情，都像煙一般飄散得無影無蹤。

母親撫摸著她，拍著她，又感慨的說：

「沙玲，你要是個男孩子就好了。」

「媽媽，怎麼又說這種話。」

「我說的不對嗎？」母親俯下身來看著她，但掩不掉臉上那份悵惘。她抬手慢慢理著鬢邊的髮角說：「我們家裡什麼都不缺，就是缺個男孩子。」

「那媽媽再生一個嘛，我也喜歡能有一個弟弟。那我們家裡一定會更熱鬧。」

「我還能生嗎？」母親笑著擰擰她的小臉腮，接著又十分感傷的說：「要是你哥哥不走，現在也好大了。」她臉上同時也泛起一股淒涼。

母親是快樂的，不論什麼煩惱的事情，都不會揮走母親身上的快樂。唯有這件事，母親一想到，就會難過得什麼似的。據母親告訴她，她那個哥哥是母親的頭胎，一個好漂亮的男孩。可是那時節他們的生活條件比現在差得太遠，不到周歲便夭折。如果活到現在，也有二十好幾了。雖然前些年，母親還一直希望能再生一個男孩。如今十幾年過去了，那希望也就變成空。

「別傷心嘛，媽媽。」

「所以你要好好用功，沙玲。」母親輕輕摩挲著沙玲的臉：「你爸爸把你看得像個男孩子一樣。」

「可是你也夠寂寞了，媽媽。」她把母親摩挲她的那隻手握在手裡：「你總是這樣叫我替爸爸爭光彩，那樣也叫我替爸爸爭光彩，從來不提你自己。難道我非要替爸爸爭光才成；替你爭光就不成嗎？」

「你不能這樣說，沙玲。爸爸是一家之主啊。」

「你在我心目中，也同樣是一家之主。」

「你不喜歡爸爸嗎？」

「我愛他，媽媽。」

「那你為什麼說這種話？」

「我替你感到不公平。」

「我過得不是很好嗎？」

「可是我知道你寂寞，媽媽。」沙玲從母親懷裡掉轉身，靜靜望著母親：「你為什麼要這樣子？難道你就甘心過這種日子。像爸爸天天在外面交際，回到家裡什麼都不管，他何曾想到過你？」

「男人就是這樣子，沙玲。」

「要是我，我就不會這麼甘心。」突然沙玲變得激昂起來：「雖然我結婚還不知是那年那月；可是我要結婚，就要跟他共同享受生活，苦也罷，甜也罷，都是兩個人的事情。不能說光他一個人樂去。做太太的就該在家裡寂寞。」

「你想的太多了，沙玲。」母親愛撫著對她說：「你是沒有結婚；等你結了婚，就會明白。」

「我可能是想得太多，可是我不能不想啊。」

「我像你這個年齡時候，也一樣的喜歡胡思亂想。」母親的眼睛望著空際，像回憶似的慢條斯理說：「可是我現在什麼都不想了，祇希望全家人過得快快樂樂，就比什麼都好。」這時母親的目光又收回來，落到她臉上：

「昨天送你回家那個陳大哥，到底怎麼回事？」

「你也相信他是我的男朋友嗎？媽媽。」

「我不是那個意思。可是你曉得，媽媽那一天不為你們姐妹操心，就恐怕你們走錯一步。」

「你放心，媽媽，我自己會謹慎的。」

「你今年已經十八了，沙玲。說大不大，說小也不算小。如果不升學，有好的男孩子，也可以交交了。就算升學吧，碰到能談得來的，在一道玩玩也很好。你不要以為時間長啊，三年五載，轉轉眼就過去了。」

「媽媽，我絕不會這麼早就交男朋友，談戀愛。那我還考什麼大學，讀什麼書。」
「說的也是。」
「那就請媽媽相信我。」
「你用功吧，我走了。可是我告訴你，你爸爸這幾天的火氣很大，你少頂撞他。」
「我曉得。」

二三

一個禮拜的時間很快過去，沙玲每天放學回家，就把自己關在她那個小房間。頭兩天雖然悶的慌，怎麼都靜不下來。漸漸的，也習慣了，坐到書桌前，心智便自然而然集中在課本上。於是她覺得在家裡用功也不錯，她會搬很多吃的東西放在桌邊，一面吃著一面讀。母親也會時時弄些好吃的食物，給她送到房裡，祇是有疑難的時候，不能像過去似的跟紀萱萱互相研究討論。

星期天又到了，一早她就被一股莫名的煩躁弄得心頭不安。她想到圖書館，想到幫陳九皐佔座位的事；今天她不去幫他佔，他一定沒有位子可坐。她彷彿看到他手裡拿著書本，在走廊下東走走，西站站。那個瘦瘦的身材直直的挺著，顯出一副孤苦伶仃的樣子。

也許紀萱萱會幫他佔位子。

才不會哩，萱萱是條睡蟲，可能還在睡懶覺。

她覺得對陳九皐有點抱愧，他幫她那麼多忙。這點小忙，她都不能夠幫他。

沙玲心裡這樣一躁，就別想再靜下來，她拿著課本走出房間，向院內走去。整個房子靜靜的，父親在客廳裡看報，妹妹有她自己的事情。母親早已經提著菜籃，到市場去採辦當天的菜餚。她拿著輕巧的腳步，俏然走出玄關；然後踏到還有點潮濕的水泥地上。

小院不大，植著一些簡單花草；還有兩株鬍子垂得長長的老榕樹，就更顯得窄狹。在從前，沙玲是十分喜歡這個小院的，房裡呆久了，出來走走，會感到一種清爽與開朗。特別是夏天，坐在老榕樹濃濃的樹陰下，聽著蟬聲；那蟬錚錚的唱鳴，裂帛一般把她身上的溽熱撕得粉碎。她的思緒也就穿過扶疏的枝條，飛向晴空，在那深深的藍際裡輕快的盪；那種日子多美呀。如今隔壁那個院落改成七層樓的公寓，那灰暗峭立的牆壁，緊挨著小院的一側，給他們一種極大的壓迫感。陽光被高樓擋住，蟬也不來了，再也聽不到輕風在樹梢低唱。她站在下面，就覺得十分不舒服。可是房間裡既然呆不住，不在這兒打轉，又到那兒呢？她不自主的把手無可奈何的一攤。

難得今天雨停了，那就趕快放晴吧。

晴天總是讓人覺得開朗。

鈴鈴鈴——電話聲響了。

「姐姐，紀姐姐的電話。」

沙玲忙轉身回去接電話，可是沙瓏的聲音已傳過來。

她快步走過去拿起話機。

「萱萱，我是沙玲。」

「喂！沙玲。你搞什麼鬼，怎麼一個禮拜都不見你的影子，你在家幹什麼？」

「讀書啊。」沙玲答得很爽快。

「幹嘛不到圖書館來了？」

「我最近不想去了。」她不願告訴紀萱萱實情。

「圖書館多好，我覺得在圖書館讀比在家裡好。」

「但我最近覺得在家裡讀也不壞，一個人讀，安安靜靜，誰也不吵。並且這些日子天氣也壞，老下雨，真懶得出門。」沙玲多方面編造理由，為她不去圖書館作掩飾。要是讓紀萱萱知道父親對她的疑慮。那小妮子嘴巴快，傳揚出去，不弄得滿城風雨才怪。

於是她反而勸紀萱萱說：

「我看你最近也不要去圖書館了，天天雨膩膩的，又冷，就在家裡用功好了。等這段時間過去，到春天氣候變暖和了，我們再一道去。」

「我在家裡安不下心哪。」

「過兩天就會好，我最初也是一樣。」

「沙玲！來嘛！」紀萱萱在電話中嗲聲嗲氣的說：「我覺得一個人讀，好沒意思，總不及兩個人在一道研究好。有的問題我們一問一答，最容易記，也不寂寞。可是你不來，我一個人孤零零的，好孤單哪。出來嘛！來跟我作伴嘛！天氣冷有什麼關係？那麼多人都來，都不怕冷，就你怕冷。你又不是豆腐做的，一冷就變成凍豆腐。」

「你少給我耍貧嘴，萱萱。」沙玲在電話中笑道。

然而被紀萱萱這一陣挑逗，心就更動搖了。不要說在圖書館中會激發出一股拼勁了。就是跟紀萱萱坐在一道，你問我幾個問題，我問你幾個問題，就有猜謎似的樂趣。不論這些問題是否馬上就能答出來，抑是翻書本找答案，腦子裡都會留下印象。於是書也讀了，也不似一個人死啃那麼枯燥無味。但想想看，她還是不能去圖書館。她一定要賭這口氣，她不能讓父親老猜疑她。

「還有呢，沙玲。」紀萱萱顯然在千方百計拖她：「陳大哥剛才還問過你，今天為什麼沒來。」

「我還真想找他呢，我還有幾個問題要問他。」

「那就來吧。」

「不行，我現在不能出去。」沙玲向父親瞟一眼，他在聚精會神的看報紙，並未注意她打電話。其實她要出去，父親也不會管她，他不是那種把子女拘得像木偶一般的人。但她這一瞟，倒把自己心頭瞟出鬼來；彷彿她出去，不是正大光明的事情。弄得心頭忐忐忑忑，唯恐父親會出言干涉。

「你到底在幹什麼？好像說句話都緊張兮兮。」紀萱萱竟在她的話中聽出聲音不對：「我告訴你，沙玲。本來我想跟陳大哥到你家去找你。可是陳大哥不肯去，我也祇有算了，才跟你打電話。」

「你不要來了。」沙玲連忙說，紀萱萱要真拖著陳九皐來找她，豈不又弄得杯弓蛇影解釋不清：「我下午會出去，會到圖書館去找你。」

「我在這裡等你。」

她放下電話剛要走開的時候，父親卻轉過頭說：

「又是紀萱萱的電話？」

「爸爸怎麼曉得？」

「那小丫頭我還不清楚，講起話來東扯西拉個沒完。她又邀你到圖書館，對不對？」

「對！」沙玲不會說謊。

「那就去吧，幹嘛還要等到下午。」

二四

「老師，你喝茶。」

「謝謝你，美華。」

莊美華一見陳九皐進門，便愉快的一手拄著拐杖，一手端著杯熱茶，歪歪斜斜送給坐在沙發上的陳九皐。他接去便馬上喝了一口。

「老師，你今天怎麼了？好像很累似的。」莊美華望著他說，眼睛裡流露著關切。

「今天真是夠累的。」

「你怎麼會累成這樣子？」

「我今天跑了一天，坐都沒有坐過。」

「啊！你跑什麼？」莊美華奇怪的望著陳九皐：「那今天還上不上課？要太累就不要上了。」

「當然要上。」陳九皐又喝了一口茶，抬眼看看坐在對面沙發上看電視的莊太太。因為他今天有心事，眉宇就被那心事壓得展不開，連話都不想說。

可是不說也不成。他遲疑了一下，才對莊美華的母親說：

「莊太太，我……」

「啊！」莊太太很快的從電視機前回過頭，看看他等待下文。

「我有件事情想跟你商量商量。」陳九皐紅著臉不好意思的把眼瞼一低：「不曉得可不可以……」

「什麼事情？陳老師。」

「我家裡因為急等錢用，想預借幾個月薪水。」

「好的，你要多少呢？」

「你要方便的話，我想借四個月。」陳九皐把拿在手上的茶杯，不安的揉動著：「除了這個月的，還有三個月。馬上就到寒假了，如果我在寒假期間能想辦法找到錢，我會先還你；不然就請你按月扣回去。」

「就按月扣好了。可是四個月要六千塊錢，我手頭的錢還不夠，等明天好嗎？」

「好的。」

在陳九皐跟莊太太談話時，莊美華坐在一旁瞪著大眼睛，不停的轉動著看，一句話都沒說。當她跟陳九皐走進書房時，便急急的問：

「老師，你要錢為什麼不跟我說，我借給你嘛。」她的眼睛緊緊釘著陳九皐的臉。

「我不能借你的錢。」

「為什麼不能借我的錢。」

「你攢錢不容易，我怎麼可以向你借錢。」

「不是你向我借，是我自己要借給你。我不是跟你講過嗎？我有好多錢。」她的眼睫毛神氣的閃動一下。

「我知道你是一個小富婆。」陳九皐笑道。

「那你向媽媽借那點錢，夠了？」

「不夠，我再想別的辦法。你曉得我跑了一天，是為什麼？就是到處跑著借錢。」陳九皐說著臉上便泛起一層憂慮的疲憊，眼神中也露出向人借貸的艱辛。

「到底怎麼回事？老師，怎麼會累成這個樣子？」莊美華的眼睜得大大的，充滿詫異神態：「今天你一進門，我就看出你好疲倦哪，所以就趕緊給你倒茶喝。你喝茶以後，臉色才好一點，我才放心了。老師，你有什麼事情？要用那麼多錢？」

「我爸爸病了，要住院開刀。」

「什麼病那麼重？」

「胃病。」

「胃病還要開刀啊？」

「太重了。」陳九皐抬起憂慮的眼神望望莊美華，又很快移開說：「你曉得我爸爸的胃病多久了？二十年囉。總是好一陣，壞一陣，始終治不斷根。再加上他早上要送報紙，一累了就會犯。因為這幾天天冷，早晨又要起的很早，這樣一折磨，又犯了。今天的報紙還送了不到一半，就倒在地上不能動。」

「噯喲！那怎麼辦。」莊美華驚叫了一聲，好像身臨其境似的，也慌了手腳。

「幸好那裡離我家不遠，有人到我家去送信。我媽媽便雇了輛計程車送他到醫院急救，才救過來。」陳九皐的目光一直呆呆的看著桌面，手裡拿著一支原子筆不停的轉動，似要在窮途末路中，轉出一片柳暗花明。

「好險哪。」莊美華心驚膽跳般拍拍胸口：「要是沒人看到，那不就完了。」

「那倒不至於，不過要多受一點罪罷了。」

「是醫生說要開刀啊？怎麼個開法呢？」

「聽說要把胃切掉三分之一。」

「哇！好嚇人哪。」莊美華又驚駭得拍拍她的胸口，緊張得連連的喘氣：「一個胃切掉三分之一，那以後怎麼吃飯？開刀，要花不少錢吧？」

陳九皐把原子筆丟掉，把兩手合在一起用力揉。

他長長的吐了一口氣說：

「現在還不知道要多少錢，要繳保證金以後，才能動手術。那時候不曉得要不要輸血；如果要輸血，錢就花多了。」陳九皐這時緩了口氣，又接下去：「那些先不管它了，可是手術保證金，就要三萬塊錢。」

「你湊齊了嗎？」

「大概湊了有一半，我想明天再出去跑跑。找我爸爸的幾個老朋友借借，就沒有問題。」

「老師！」莊美華熱心地一把抓住陳九皐的手：「你不要去找別人借，我借你兩萬塊。不要你的利息，你什麼時候有錢，就什麼時候還我。」

「不可以，我絕對不會用你的錢。」

「你聽我說嘛，老師。」莊美華用力搖搖陳九皐的手：「我有錢哪！真的有錢哪。不信我拿我郵局的存摺給你看，上面還有好幾萬呢。放在那裡也沒有用處，也沒有幾個利息，你為什麼不拿去用呢？拿嘛！老師。明天是星期天，上午郵局還開門，我就去郵局提給你；不然我就把存摺及圖章交給你，你自己去提。」

莊美華眼盯著陳九皐看，等待回答。她見他痛苦的抱著頭，便伸出拳頭猛敲他的背。

「你講話啊，老師。我曉得你為什麼不用我的錢，你怕我媽媽曉得對不對？你放心，我不會告訴媽媽的。其實我媽媽就是曉得了，也沒有關係，我自己的錢，我自己可以作主，她也不會管我。」

「你聽我說，美華。」陳九皐握握她的手。

「我不要聽你說嘛。」莊美華把手用力掙出來，氣乎乎的站起來：「我去把存摺拿給你看，上面是不是有錢。」她拄著拐杖一跳一跳就走出去。

陳九皐見莊美華把拐杖一伸就跳出去好遠的激動樣子，為難的愣在那兒。這善良純潔的小妮子，固執的要借錢給他，確實是一份好意，一種純然出自肺腑的助人精神。照理他不該辜負她這份可貴的心意，讓她一片熱情遭到冷水潑熄。可是他能借她的錢嗎？她是他的學生，又是一個身有缺陷的女孩子。一位老師跟自己的女學生有金錢來往，是要遭人詬病的。

同時他心頭也極端的衝突和矛盾，父親的開刀保證金是必須馬上解決才成。雖說明天多跑幾個地方，向那些叔叔伯伯開開口，東借個兩千，西借個三千，湊起來一萬兩萬該不成問題。可是那要有時間去跑啊，並且也沒有十成的把握。如果能拿莊美華兩萬塊多好，不是什麼問題都解決了；偏偏他又不該拿。因此他心頭一直在盪，盪過去是決心不接受莊美華的幫助，盪過來又想把臉皮厚起來。

莊美華沒多久就把她郵局存摺拿來了，打開裡面的存款紀錄往陳九皐的面前一放說：

「你看有多少？老師。還有七萬六千多呢。」

「你叫我說什麼好呢？美華。」陳九皐把莊美華的存摺給合起來，轉臉看著她。

「你拿去用嘛！」

陳九皐轉開臉嘆道：

「照說我不該辜負你這份好意，可是我不能用。」

「那老師還是不愛我囉！」

陳九皐乍然一驚，把臉轉向莊美華。

莊美華也發覺失言，臉變得通紅。

她立刻嬌俏的一笑說：

「老師，我是講老師愛護學生的那種愛呀。你不是一直都很喜歡我嗎？老師。」

「是啊，我是很愛護你啊。」

「那老師就應該拿這個錢。」

「為什麼我該拿？」

「因為你不拿我會難過呀。」莊美華又抓住陳九皐的手：「你知道，老師。我從來沒幫助過別人，人家也不要我幫助。好像我這個人，祇能人家來幫助我，我卻不能幫助別人；那我活著有什麼用？不是一點用處都沒有了？你說我會不會難過？老師，你答應我拿去用嘛！不是『助人為快樂之本』嗎？你也該讓我有機會試試，助人是一種什麼味道？到底怎麼個快樂法？」

「你要這樣說，美華。我再推辭就不通情理。這樣好不好？我明天再去想想辦法，我要在別的地方週轉不到；一定來找你幫忙。這行了吧？」

「這樣說，還不是推辭。」莊美華生氣的把個小嘴一努，大聲的嚷：「哦！老師，你就這樣對待我啊！別的地方借到了，就不找我。那不等於說，用你的時候就用，不用你的時候，就一腳把我踢開。」

「好了，我們就這樣講定。」

「我不管，我借你借定了。你要是不來拿，我明天就自己去提出來，送到你家去。」

「你找不到我家。」

「我曉得，我能找到。」

「你不怕我還不起你？」

「不還就算了。」

陳九皐見莊美華拗到那樣子，連忙改口道：

「好了！好了！上課。」

二五

沙玲動動身旁那個座位上的兩本書，把它放好一點。那意思是告訴別人，這兒有人，別亂打主意。因為她發現有一個男生，一會轉過來，向這個座位瞄一眼，一會轉過去，又向這個座位瞄一眼。如果碰到她的目光，還會用眼角對她發出一個問號。

有人！當然有人！要沒有人，她佔著它幹嘛？又不是佔下來，就可以搬回家去。

這個位子是沙玲給陳九皐佔的，她一早到達圖書館時候，自己找到個位子坐下，同時拿起兩本書往旁邊那個空座位一放，便算訂下了。今天是星期天，陳九皐送完報紙後，一定會到圖書館來。他怎麼還不到，已經十點多了，他平常最遲也不會超過十點鐘。

她抬眼向閱覽室內外掃一眼，莫非他到了這兒，沒見到她，又跑到閱覽室外面去了？她見到閱覽室內還有幾個人，一面拿著書靠著牆讀，一面轉動著眼睛等位子；門外也有幾個人在那兒走動著讀，但都不是陳九皐。於是她用手肘輕輕抵了一下坐在旁邊的紀萱萱，向她做個出去的眼色，一齊站起來往外走去。靠在牆上看書的幾個人，見有人走出去，便急忙朝空著的位子上搶。但看到桌面上仍然放著書，便又慢慢的退回去，罩著一臉失望的表情。

沙玲一出閱覽室的門，便撒眼向四周看，到處都見不到陳九皐的影子，她奇怪的問紀萱萱。

「怎麼陳大哥還不到？」

「誰曉得他做什麼去了。」

「他應該來了才是呀，已經十點多了。」

「你想他了，是不是？」紀萱萱調皮的一笑。

「我叫你胡說。」沙玲順手打了紀萱萱一下。紀萱萱笑著跑開了，她見沙玲並沒有認真的追。便很快又轉回身來笑道：

「你別急嘛，他不會不來。」

「不是我急啊。」沙玲畢竟比紀萱萱老實，沒聽出紀萱萱話裡有毛病：「是我給他佔了個座位，他不來，空在那兒好多人盯著看，怪不好意思的。可是我又不能讓給別人。」

「那就等一會吧，等一會他還不來，就讓給別人。不過我想他一定會來。」紀萱萱說得很有把握。

「你怎麼曉得？」

「陳大哥幾根肋骨我還不清楚啊。」

「嗳喲！萱萱。」沙玲逮到了紀萱萱的小辮子，笑彎了腰：「陳大哥幾根肋骨你都曉得？」

「怎麼？你笑什麼？」紀萱萱向沙玲走過去，嚇得沙玲趕緊退：「有什麼好笑的？你以為我不敢數陳大哥的肋骨啊？我要數他的肋骨，他會嚇得馬上討饒。」

「好！算你厲害。」

「你想佔我的便宜哪，沙玲。差遠哩。」

「那就這麼辦好了。」沙玲見沒逮住紀萱萱的小辮子。便改變口吻說：「以十二點鐘為限，如果陳大哥十二點還不到，就把座位讓給別人。」

兩人又回到閱覽室坐下，繼續埋頭用功，結果十二點鐘過去，陳九皐還沒有到。她們當然不會曉得，陳九皐這時為週轉父親動手術的保證金，弄得焦頭爛額。

午餐的時間已到，紀萱萱突發奇想的對沙玲說：

「我們今天不要在這裡吃麵包牛奶了，老吃都吃膩了。我們今天出去吃牛肉湯麵去。」

「也好。」沙玲表示同意。

「我們也把書帶著。」

「帶書幹嘛？」沙玲不解的問。

「吃完麵，我們就到陳大哥家裡找他好不好？看看他到底在幹什麼，怎麼會不來。」

「我們去方便嗎？」

「那有什麼關係，他家又不是什麼大衙門，去不得。我經常往他家跑呢，我們看過陳大哥，就不要再回圖書館了，就到我家裡在我房間裡讀，也不會有人吵我們。」

二六

「陳大哥！」

「陳大哥！」

沙玲跟紀萱萱一齊站在陳九皐家的門口喊。她們吃過麵，就直接的走過來。雖然穿過巷子時，要從紀萱萱家的門前經過，紀萱萱卻沒回家。

陳家的門關著，沒有動靜。

紀萱萱又揚高嗓門叫道：

「陳九皐！陳大哥！」

門吱呀的開了，伸出一個頭來，是陳九婷。

「誰找陳九皐啊？」一抬眼見到紀萱萱時，便馬上笑著說：「是紀姐姐啊，我哥哥不在家。」

「他到那裡去了？」

「還不曉得呢，他送報回來就出去了。」

「豈有此理。」紀萱萱開玩笑的揮了一下手：「亂跑！亂跑！今天我們給他在圖書館保留了一個位子，他也沒去。我們特地來興師問罪的，他又躲起來了。」

陳九婷見紀萱萱嚷得那般響，也笑起來。

「不是我哥哥今天不去圖書館，是他沒有空去。」

「他忙什麼去了？」紀萱萱沒等陳九婷把話說完，便搶著接上去：「他又沒有女朋友。」

「不是的。」陳九婷也連忙說：「是我爸爸昨天的胃病犯了，住在醫院裡，要開刀。因為動手術要繳三萬塊錢的保證金，他一早就出去週轉錢去了。」

「啊！」紀萱萱這個無憂無慮的女孩子也愣了：「陳伯伯的病，怎麼會突然變得這麼重？」

「還不是累的。」

「那陳大哥能不能湊到那麼多保證金。」

「聽我哥哥講，大概沒有多大問題。他說他那兩個家教可以預借九千元。昨天他又在別的地方借了八千，今天出去湊個萬把塊錢，就夠了。」

突然，紀萱萱的黑眼珠猛一轉，兩手一拍說：

「我還有錢哪，我還有兩千多塊存款呢。」

「我也有。」沙玲緊跟著說：「我有五千多塊呢。」

「那不就有七千塊了，再想辦法湊一湊，不就夠了。陳大哥到底上那裡去了？能找到他多好。這樣好了，沙玲，我們就在這裡等他回來。」紀萱萱說完也不待陳九婷招呼，便當先跨步走進屋裡。

「我們家裡好亂呀，紀姐姐。」陳九婷忙著把堆在地上的大批加工的東西往一邊移，騰地方讓她們坐。這時陳九重跟九娟也停止工作，來幫九婷搬。

「你別忙了，九婷。我們又不是什麼皇后和公主，非住皇宮不可；我們隨便坐就好了。」

陳九婷見紀萱萱這樣說，也就不搬了。事實，整個屋裡已經被做好的跟沒做的紙袋堆滿，搬來搬去，也騰不出多大的空地方。於是紀萱萱便給沙玲介紹，又問九婷為什麼這麼忙。九婷便告訴她，這批紙袋星期三就要交貨；可是母親到醫院裡照料父親去了，小弟也跟去，大哥又要出去籌錢。家裡祗剩下他們姐弟三人，但工作做了還不到一半，不忙怎麼行，看情形他們今天晚上不工作到十二點，是不能休息的。因為到時間不能交貨，會影響他們的工資；可能因此砸掉他們這條家庭副業的路子。

沙玲便對紀萱萱說：

「我們也幫他們做吧。」

「沙姐姐，你們坐著休息就好了，不要做。」九婷忙把沙玲已經拉到面前的一些紙袋材料，搬到一邊去：「你們不曉得呀，這個漿糊髒髒的，會弄得到處都粘糊糊的，把你們的衣服都弄髒了。」

「沒有關係，髒就髒吧，我們也不上街。」紀萱萱又把那些牛皮紙拖了回來。

「那怎麼好意思，你們來玩，還要幫我們做事。」

「你不要管我們，做你自己的事去。」紀萱萱連續的向陳九婷揮揮手：「反正我們在這裡閑著也是閑著，能幫你們做一點，也是好的。」

糊紙袋的工作看起來很容易，做起來卻不簡單。她們兩人也像陳九婷三姐弟似的，分工合作，由紀萱萱刷漿糊，沙玲摺疊，倒也做得有聲有色。可是漿糊粘到手上後，一乾，就變得硬硬的，把手指箍得脹的難過。沙玲比較細心，會小心的把粘到手指上的漿糊用碎紙揩掉，衣服便沒被弄髒。紀萱萱則不管那麼多，隨手的亂揩亂抹，沒有多久，衣服上，裙子上，都抹得東一塊西一塊。

沙玲看看紀萱萱笑道：

「你看你的樣子，萱萱，像在漿糊裡打個滾似的。」

「噯喲！我的媽呀。」紀萱萱彎著腰慢慢站起來，半天才伸直：「這個錢可真不好賺。」然後握起拳頭，在背上不停的捶，同時也把腰扭了扭。

「你以為錢是容易賺的呀？」沙玲也想站起來，但她抬了一下，身體又坐下去，同樣累得直不起腰。

「陳大哥怎麼還不回來。」紀萱萱坐在椅子上喘氣。

「他可能還沒弄夠錢。」陳九婷抬抬頭說，但馬上又低下頭繼續工作：「他出門的時候對我媽媽說，只要一湊夠數目，就馬上回來帶錢去醫院。」

突然有陣煞車聲在門外煞住，緊接著又是一陣喊叫：

「陳老師！」

「陳老師！」

陳九婷去開門時，沙玲跟紀萱萱也抬頭看。

門一打開，迎面便出現一個眉清目秀面貌十分姣好的女孩子。她拄著一雙拐杖，手裡拿著個大紙袋，兀自在仰著頭察看門牌號碼對不對。沙玲一眼便認出來，是那天在南海學苑見到的莊美華。

沒等她開口，陳九婷已經在問了：

「你找誰呀？小姐。」

「九婷！九婷！」沙玲連忙喊道：「這位是陳大哥的學生莊美華小姐，快請她進來。」

其時莊美華也見到沙玲和紀萱萱，便走進門。

「哦！沙小姐跟紀小姐也在這裡。」

「坐啊，莊小姐。」陳九婷連忙給莊美華搬張椅子。

「我沒想到，還能找到這裡來。」莊美華沒有即刻坐下，臉上好像還帶著股惶然：「我從小到現在，除了上學以外，從來沒有自己出過門。」

「那真是不容易。」紀萱萱附和著說，別看她老是調皮搗蛋，同情心反而比任何人濃：「要是我從小都沒出過門，不連東西南北都弄不清才怪呢。」

「陳老師呢？」莊美華向屋內掃了一眼。

「他出去了。」陳九婷說。

「我是給他送錢來的。」

「你怎麼送錢來呢？莊小姐。」

「是這樣的。」莊美華這才慢慢坐到椅子上：「陳老師昨天跟我媽媽講，要借四個月的薪水，六千塊。我自己要借給他兩萬塊，上午才從郵局提出來。本來以為他會到我家來拿，那知等他一上午，都沒見到他。所以我吃過午飯，就親自給他送來。」

「真謝謝你，莊小姐。讓你跑腿。」

「陳老師是不是週轉錢去了？」

「對的。」

「我說陳老師也太固執。」莊美華俏伶伶的笑著說：「我昨天晚上還一直跟他講，我借他兩萬塊錢，不就夠繳保證金了，不用再到別處去跑。他偏不聽，怎麼都不肯用我的錢，真叫人氣不過。」

「我哥哥就是那個拗脾氣，拗起來誰也拗不過他。」

「我說陳大哥這個人。」紀萱萱也笑著插上一句：「就是一頭牛；牛還有回頭跟轉彎抹角的時候。他呀！要是認定那條路，就別想他回頭。」

斯時由於陳九婷忙著招呼客人，沒工夫往紙袋上刷漿糊，九重跟九娟也就停下來。唯有沙玲因為沒什麼話好談，便一個人拿著個紙袋，細細的刷漿糊，細細的摺，把那個紙袋摺得十分平整。這時陳九婷也發現弟弟妹妹在休息，便吩咐他們趕緊做，不要閑著。

這情形看在莊美華眼裡，分外覺得奇怪。這個從小在父母翼護下長大的小妮子，沒受過風吹雨打，沒缺過衣食；焉知稼穡艱辛。見滿地都是紙袋，便問：

「你們糊那麼多紙袋做什麼？」

「那裡是我們自己的，是給人家糊的；我們自己做這麼多紙袋有什麼用。」陳九婷笑著解釋。

「這是不是就是家庭副業？」

「是的。」陳九婷點了下頭。

「那做一個紙袋多少錢？一塊錢？」

「不知做多少個才能賺一塊錢呢。」

「真的？」莊美華浮起一臉驚訝。「怎麼那樣便宜？」

「當然是真的。」紀萱萱又拿過去一疊紙，坐下開始刷漿糊：「我說賺這個錢，真不容易，我剛才祇做了幾分鐘，就弄得腰酸背痛。」

「你也會做呀？紀小姐。」

「我是剛剛才學會做。」

「那我也來試試好不好。」

「你千萬不要動手，莊小姐。」陳九婷連忙走到莊美華身前攔住她：「這種工作髒兮兮的，你那樣漂亮乾淨的衣服，一會兒就弄髒了。」

「不要緊的，我祇是好奇，要試試看。」

「你真的不要做，你到這兒是客，怎麼能做工。」

「你讓我試試嘛。」莊美華推開陳九婷攔住她面前的手：「讓我看看我是不是能做；要是能做，可見我還是可以做事情，不會成為一個廢人。」她的話說得很自然，臉上漾著嬌媚的笑容，語調中沒絲毫哀傷。

可是陳九婷呆了，不曉得攔她好，還是不攔她好。然而她不但兩腿不方便，並且那副嬌弱的樣子，真像連根繡花針都拈不動，她怎麼能讓她做這種粗活。

還是紀萱萱爽快，她說：

「你還是讓莊小姐試試吧，使她開開心。不然我們都在這裡做，她一個人閑著，多無聊。」

陳九婷這才不堅持，逕自去做自己的事情。

二七

到了五點鐘陳九皐才回家。一進門好像也沒見到紀萱萱、沙玲、莊美華她們，就累得往竹凳子上一坐，並對陳九婷說：

「快倒杯水給我喝，我累死了。」

陳九婷一聽便忙著去倒水，紀萱萱的性子急，忙拉著沙玲莊美華兩人走到他面前，急急的問道：「陳大哥，你總算回來了。陳伯伯的病到底怎樣？莊美華特別提了兩萬塊錢，親自坐計程車送來。」

「謝謝你們，謝謝你們。」陳九皐接過九婷倒來的水，一口氣喝下去說：「真是天無絕人之路，你們猜我今天跑了一天，借夠了錢沒有？沒有啊！我爸爸的朋友，都是些窮光蛋，能借個千兒八佰就不錯了。我一急，就去找院長商量。那個院長可真是個大好人，他一聽說要開刀，要花那麼多錢，便吩咐下去不要急著開刀，先仔細檢查一下再做決定。這麼一檢查，說不需要開刀了，只要吃藥就好了。費用可能只要兩三仟塊錢。」

「真的差那麼多啊？」沙玲也替陳九皐高興。

「所以了，我們不能說醫生都是些『死要錢』的傢伙。他還安慰我，沒有那麼多錢不要緊，可以慢慢付。」

這時候九婷又給她哥哥倒來一杯水，陳九皐接過杯子也沒顧得喝。便急著問他的學生：

「美華，你怎麼也跑來了？」

「給老師送錢哪。」

「要你跑那麼遠給我送錢，真不好意思。可是現在那些錢，我家裡還能籌得出來。你那些錢，就先拿回去吧。再麻煩你對媽媽說，我那四個月的薪水，暫時也不用借了。」

「可是，我的錢就是拿來給老師用的。」

「我現在真的用不到你的錢了。」

「我看還是放在老師這裡好了。老師要用錢的時候，就不必東借西借的跑。等陳伯伯的病好了，再把沒用完的錢還我就好了。」

「我不是說過嘛？我家還有一點錢。」

「那老師要用錢的時候，一定要跟我講呀。」

「一句話，我答應。」

二八

陳九皐父親的胃病，在那家醫院檢查後，再對症下藥竟然痊癒了。這消息經過口快的紀萱萱一嚷嚷，便傳到何欣欣的耳裡，再一傳，何勤伯也知道了。於是勾起何勤伯請客的癮，一個星期天的下午，便約了陳九皐、沙玲、紀萱萱，外加他妹妹何欣欣到兄弟飯店吃自助餐。大家入座後，他便直通通的對陳九皐叫道：

「陳老哥，你怎麼這樣不夠意思？陳伯伯病了也不跟我講一聲？」

「我爸爸病了，我為籌錢都急死了，那裡有時間跟別人講。」陳九皐照實的說，事實他那時候根本想不到何勤伯。

「陳伯伯是住達德醫院，對不對？」

「對！」陳九皐點了一下頭。

「當時你要是給我打一個電話，不一句話就解決了。」

「何老哥認識他？」

「豈但認識，他還是我老爸的學生呢。不過你親自去找他，這步棋也是走對了。那傢伙好說話的很。」

「人家一個院長，你怎麼可以講那傢伙？」紀萱萱心直口快的說。

「我不叫他那傢伙，叫他什麼？」何勤伯看了紀萱萱一眼，又看看陳九皐的臉色，馬上改口道：「對！對！我說錯了！陳老哥現在感激的，把他當成活神仙了。我不是討打嗎？」

「誰敢打你啊？」紀萱萱笑道：「你也可以打回去嘛！」

「那你靠近一點，試試我的拳頭。」

「你幹嘛打我呀？」

「你不敢讓我打，還要我打陳老哥？你們的骨架子差不多，我一拳就打散了。禍就闖大了。」

「你啊！何哥哥。專門說大話嚇唬人。」沙玲見兩人鬥嘴，鬥得不可開交，便解圍的笑道。

「好了！」何勤伯把臉色一正對陳九皐說：「剛才講的都是廢話，現在言歸正傳。既然沙玲與萱萱都認為你對他們考大學，有很大的幫助。我也把欣欣交給你了，你也得幫忙把她送進大學。不要讓我老爸罵我，都是我帶著她玩；把她的心玩野了。」

「何老哥既然這樣說，我只有盡力而為了。」

「那我就宣布了。」何勤伯把兩手向外一舉：「今天的約會到此為止，一切等大學聯考過了再說。」

二九

在大專聯考的前兩天，陳九皐到莊美華家裡上課，發現她臉上罩著一片幽幽的寂寞，便關心問到：

「你怎麼啦？美華，好像不開心似的。」

「我這幾天好悶啊！老師。好想找沙姐姐他們出去玩。可是我知道他們拼考試拼得要死，也不敢打電話給他們。」

「你說得對，美華，現在不要打攪他們，讓他們專心的用功。沒有幾天了，等他們考完了，你就可以打電話給他們。」

「可是，我還是不明白？老師。」莊美華仰臉看著陳九皐問：「像沙姐姐他們考大學，還有點用處。我考大學有什麼用？還不是白浪費錢。」

「話不能這樣講，美華。」陳九皐不只一次聽她這樣講，原不以為意，勸兩句就好了。現在看她的臉色；就知道這個喜歡鑽牛角尖的女孩子，又在鑽牛角尖了，連忙笑道：「為什麼要考大學？這是人生求知識的一個重要階段。也可以說是人生求知識的一個重要里程。打個比喻說吧！人類當初要是沒有那麼多讀書人，把人類文明一步一步的往前推，社會還會有今天這麼進步嗎？可能還是一個茹毛飲血的社會。那麼我們今天只不過五千年的文明，就算進步嗎？差得太遠了，跟外太空那些幾十萬年或幾百萬年的文明比，只能算走了一小步或半步。就拿電話來說吧！現在家裡有一部電話，就覺得很方便，有事情打個電話就好了。說不定再過幾十年或幾百年，我們口袋裡就有一部電話，要打給誰，拿起來就打；要見面，按個按鈕就行了。如果再能發明一個飛行器什麼的，裝在人身上，一按發射鈕，人就嗖的一聲飛到你面前。」

「要是真有那麼一天，老師。那多方便。」莊美華雖那樣說，卻不信陳九皐說得那樣神，所以目光裡存有疑問。

「會有！一定會有！」陳九皐堅定的說：「現在科學這麼發達，什麼新奇的東西研究不出來。不要說多，再過個三百年、兩百年，社會會變成個什麼樣子，我們都不會曉得，只看我們的命夠不夠長，能不能看到而已。」

「照老師說，還是考大學好。」莊美華對陳九皐的說法，雖仍將信將疑，卻覺得越說越有道理。

「豈但一定要考，還要考研究所什麼的。如果你能以自己的身體做對象，研究出一種能治療殘障的藥，一下子就可以把身患殘障的人治好，豈不是大功一件，你的書自然也不會白讀了。」

「我沒有那麼大本事，老師。」莊美華笑道。

「要有信心，信心最重要。就是失敗了，也不要緊。失敗也是一種成就，它可以幫助後來的人，不走錯誤的道路。你以為那些成功的人，他們的功勞完全是他們自己的呀，錯了！他們還不是從典籍或各種資料中，知道別人失敗的地方，不再犯那個錯罷了。集中精力，往對的方向摸索；累積了多少人的努力與經驗，最後才有所成就。這也是為什麼說『失敗為成功之母』的道理。」

小丫頭的雄心竟被激發出來，她抓住陳九皐的手說：

「老師！你要幫我呀。」

「那還用講嘛！只怕到時候，你懂的比我多得多，我就是想幫你，你還嫌我礙手礙腳的不方便。」陳九皐反笑的說。

「你總是我的老師呀！懂的東西一定比我多。」

「不要看輕自己，美華。」陳九皐再鼓勵的拍拍他的學生：「世界大得很啊！你不要以為台灣就很大了。地球更大的不得了，其實外面的太陽系，還有比太陽系大幾千萬倍的銀河系，再外面更有比銀河系大幾十億倍的外太空。我們地球這點文明算什麼，只要你有能力，有你發揮的空間。」

「老師，這不是太玄了嗎？再說我那有那麼大的能耐。」

「是有點玄，世界是我們想象不到的大，卻是事實。固然我們這一代人走死了，也走不了那麼遠，再幾十代幾百代，也未必能走得了那麼遠。可是我們不能不走呀！只要能不停的繼續走，總有一代會走到的。所以我們要努力呀！因為我們也是其中的一代呀，不能讓世界的文明，在我們這一代停滯不前啊！就怕你不肯走下去。」

「我知道老師的意思了，老師是說『學無止境』對不對？」

「也可以這樣說。」陳九皐沒想到莊美華會這樣說。

「我還是想去幫沙姐姐，如果她考試的時候要我去陪考，我一定去陪她。給她倒杯水，擦擦汗也好。」莊美華說得極認真。

「現在對他們最好的幫助，就是不打攪他們。其他等考完再說。」

「那我還能做什麼，好像什麼都不能做。」

「你什麼也不用做，上課就好了。這就是你現在該做的事。」

「好！聽老師的！上課！老師你真厲害呀，只這麼輕輕一點，就把我點得豁然貫通。現在突然覺得，讀書一點不苦了。」

「你真的長大了，美華。將來的世界，就看我們了。如果我們也能弄點什麼東西出來，也算是沒有白來這個世界一趟了。」

萬物之靈

一

理著行裝，心頭那個計劃也在疊衣摺被中現出一個稜角，周寧寧覺得她面前的世界閃著明麗的光彩。她明天一早就要啟程到臺北去；她在恆利貿易公司找到一個英文打字員的職位，開始用自己的手，安排自己的生活。

周太太坐在對面的床邊，用一種特別的眼神看著女兒整理行裝。她不想去幫忙，女兒大了，也使她愈來愈不了解。要說打行李，捆紮箱籠，她可是老經驗，真是牢靠結實。偏偏女兒不聽這一套，一件衣服照她說，應該橫著放佔地方才少，也不虛空活動，寧寧卻要把它直過來。既然母女意見不合，她在一旁就變成越幫越忙，反不如在一邊樂得清閒。不過今年夏天也真熱，七月的陽光像火一樣穿過窗上玻璃，撒了一屋子悶熱。

周寧寧一直都在低著頭忙碌，不敢抬頭接觸母親那個眼神，是抑鬱，是關懷，使她弄不清楚。但她早已經發覺，母親最近時常用這種眼神看她，看的她心頭老是毛毛躁躁，好像虧欠了一些什麼。

周太太還是忍耐不住嘴皮，她見周寧寧要把兩件舊衣服塞進皮箱時，便開口說：

「那些舊衣服不要帶了，到臺北再買幾件新的。」

「這幾件衣服穿著很舒服。」

「不能光圖舒服呀，穿起來也得像個樣子；這種衣服在鄉下穿還可以，在臺北穿就土死了。」

「我才不管那麼多，我要穿，誰也管不到。」

不理母親的嘮叨，周寧寧還是把那幾件衣服塞到皮箱裡面，兩手攏著頭髮向頸後推推。天氣怎麼這般熱？只要一動，就是一身汗。可是照照鏡子，她那頭上午新做過的頭髮，被她三抓兩抓，已經完全變了樣。也真是的，上臺北就上臺北吧！為什麼要這樣雷轟電閃的？連頭髮也跟著受罪。但是在過去，母親一直稱讚她那頭清湯掛麵式的頭髮漂亮，高山流水般披到肩上，襯著她那張清秀的瓜子臉，有種不食人間煙火的仙氣。那知道母親一聽說她在臺北找到工作，就迫不及待的催她馬上去做頭髮。本來還想拗一拗，偏不做；然而母親一遍一遍不停的唸，她自己也失去把持，才在上午到美容院，把那頭清爽的長髮心痛的剪了、燙了，梳成狗啃的一般。現在她覺得那些彎彎曲曲的髮鬈，刺的她十分不舒服。

打好行李、直起腰來喘口氣，同時揚手把手指打得『卡』的一聲。照她平常的習慣，應該再吹聲長長口哨才好，就會甩走滿懷煩惱，甩出一身灑脫。此刻她卻不能那樣肆無忌憚，母親在面前，她就得包著小腳走路；要拿錯一步，母親的眉頭便會皺起來。

不過今天她跟母親拗的時候，卻奇怪母親沒有說那句話。那句什麼話呢？

「寧寧，你變了。」

真的變了嗎？雖然說「女大十八變」。周寧寧卻覺得她絲毫沒有變，變的是母親自己，是那些環繞在她身邊的人。因為打她不再剪那種齊著耳梢的短髮時候起，他們就用異樣的目光看她，壓得她不得不變。就拿穿的衣服來說吧，過去由於家道艱難，她的衣服都是母親一手做的。但那時候她並不了解母親的苦心，時常吵著買新衣服；長大以後，明瞭了家中的景況，就沒再為衣服的好壞吵鬧。並且她也穿慣母親做的那種衣服，樣式雖不大好看，卻寬寬鬆鬆的，穿到身上十分舒服。如今為了去臺北，母親竟改變過去那種勤儉習慣，張羅著給她買這買那，是為了什麼呢？是為了使她體面？為了使她趕時髦？為了使她能夠適應都市那種多彩多姿的生活？當然也想把她粧扮成一個天仙般的美人兒，好去吸引多情的男士。

這也難怪母親，每個母親對女兒的心理，都是望女成鳳。那麼到臺北就要買胭脂、香粉、新衣、新鞋嗎？周寧寧見母親走出去，便打開皮包拿出一捲鈔票在手上掂掂，覺得心情十分沉重。這是母親給她到臺北的五千元生活費，就拿這個錢去買嗎？母親！你太苦了，你一輩子都那樣省吃儉用，卻為女兒想得那麼周到。

周寧寧也走進客廳，在母親對面的沙發上坐下，院子裡那些枝條扶疏的花木，被太陽照得綠瑩瑩的，一片可愛的鄉野情調。別了！美麗的家園，這個那麼淳樸安靜的地方。到了臺北以後，不知多久才能回來重溫童年的快樂時光；她真想走出去，張開雙臂把整個庭院都抱在懷裡。

「都整理好啦。」母親抬頭看看她。

「也沒有什麼好整理的。」

「缺什麼東西，到臺北再買也好。」做母親的，仍耽心女兒缺東缺西。

「該帶的，差不多都帶齊了。」

周太太點點頭，停了一晌說：「寧寧，到臺北可要自己注意啊！那裡的地方雜，不比鄉下。你又人生地疏，沒有人照應，有空的時候就回家看看。」

「我會自己注意的，媽媽。」周寧寧回答的很快，她相信自己有保護自己的能力。

「那我就放心了。」

「你不是說我已經長大了嗎？應該自己可以照應自己。」周寧寧說到這裡發覺母親平靜的臉上，含著一股悒鬱的表情。才發覺那句最重要的話沒有說出來，便趕緊補充道：「只要我一有空，就會回家看媽媽。」

周太太好像又要說什麼，卻沒有說出來，站起來拿著剪刀走到院子裡，開始修剪花木雜亂無章的枝條。周寧寧也跟著走出去，太陽已經向西面的天空斜下去，空氣好像在燃燒，她走到母親身邊說：

「媽媽，你這時候剪什麼，天這麼熱。」

「怪無聊的，剪剪樹枝也是工作。」

「休息吧，等太陽下山了我來剪。」

母親笑笑，順手抹掉掛在臉上的汗珠。周寧寧拾起一條剪下來的樹枝，拿在手裡看看。院子裡的花木能夠長得這樣茂盛，修葺得這樣整齊，完全是母親的功勞。母親平常無事的時候，總是拿著一把剪刀，一個噴壺，在院子裡東走走、西轉轉，所有的花木該澆的澆，該剪的剪；把一個小小的院落，整理得清幽雅致。那麼她走了以後，母親每天下班後，就更沒有事情可做，只有在院子裡澆澆剪剪。她突然體驗到，母親的孤獨和寂寞。

周寧寧把樹枝扔掉，用手攀住母親的臂說：

「媽媽，天氣真的太熱，真的不要剪了。我這些日子一直都在想，等我在臺北的工作安定以後，待遇能再好一點的時候，你就可以退休享享清福。」

周太太把剪刀停在一根樹枝上，向周寧寧看看：「等你工作安定了，也該有自己的家了。」

「媽媽怎麼老說這種話，還早哩，我才剛畢業。」

周太太逕自揮動著剪刀，樹木的枝條隨著剪刀的開闔紛紛往下落。真是一件惱人的事，周寧寧呆在那裡望著母親，自從她進入大學以後，母親就好像變得十分敏感。她偶而接到一封信，或有個男孩子來找她，母親都會不著邊際的問上幾句，雖然流露在神色中的冷淡與平靜，像對這件事漠不關心。其實周寧寧對母親這種心理了解的十分透徹，她對女兒終身大事的關切，猶超過周寧寧自己。所以表面上愈現得冷漠，在言談間愈把這個問題撇得遠遠的，心中的期盼更顯得特別殷切。只緣母親不是那種嘮叨型的女人，凡事不願追根揭底。更非常信任自己的女兒，相信她感情的貞潔，相信她有足夠的能力，來處理自己感情方面的事。

周寧寧真有能力來處理自己的感情嗎？她自己都感到困擾與惶惑；為什麼不能跟母親面對面好好討論一番，

她也弄不清楚原因。或許這就叫做「代溝」吧？周寧寧不希望她們母女間也染上這種時代病，使兩代間產生距離與溝壑。她愛母親，願意用最虔誠的孝心來順從母親的意願；固然母親老了，看法也老了；為了不使母親傷心，有些事情母親的看法儘管與她不盡相同，她還是會曲意聽從。誰叫時代變得這般快，過去的時代雖已變了形，卻又未完全過去，如同掩在一層霧裡；母親的生活就在這層霧裡浮動，隔著那層霧來看這個變得像風一樣快的時代，焉能不感到迷惘？因此她與母親在一道談話時，雖時常觸到這個問題，卻經常是輕輕一撞，又倏然分開；母親也不會多問，她也不願多講。但她在學校裡，這方面的事情，卻是同學們討論的中心問題，每個人都有他的一套理論，談得有聲有色。這是一種多麼奇怪的心理啊！也許母親與她都在怕，怕這個問題來時，會衝碎了她們二十年來，母女相依為命的生活。

周寧寧一直在太陽底下呆站著，母親在轉著圈子剪一株九重葛，與她打了一個照面。並露出一臉盎然的笑容，她也忍不住跟著笑了。

「媽媽好像非逼著我早早出嫁不可。」

「女孩子大了，嫁人是正經的事。」

「我就是有了家，還是可以孝敬你呀。」

「那就不同了。」母親收起了剪刀：「有了家以後，就由不得你了。」她接著又嘆了口氣：「我這輩子生來就是勞碌命，總覺得有點事情做，比閑著好。」

「你辛苦了這麼多年，也該休息休息。」

周寧寧把手插到母親的臂彎裡緊緊的挽著，就覺得有一種依恃；她曉得母親也需要這種依恃。從周寧寧孩提時候起，母親就把全部希望，寄託在她身上，並依恃著這個希望，堅強生活著。那麼她一旦走開，走到一個男人的身邊，母親會不會就失去這種希望跟依恃？使生活變得黯然無光。於是她覺得自己絕不應輕易的走開，她不能讓母親失去這種依恃；她有責任讓母親過得幸福快樂。

「那些事情到時候再說吧。」這是周太太的口頭禪，也是她的處世哲學。這個善良的女人，一生中經過戰爭的劫難，經過饑寒貧困的壓迫。使她在長期的奮鬥與掙扎中，被這個詭譎複雜的社會磨圓。

二

隨著火車的汽笛揚起手，周寧寧看到母親鬢邊的白髮，在火車開行時帶起的風裡飄動。

「媽媽，再見！」

「媽媽，再見！」

火車的速度加快了，站在月臺上母親的影子，在她聲聲呼喚中很快變得模糊；可是在這模糊的視覺中，母親頭上的蕭蕭白髮飄得更高。

打開窗子向外望，火車在綠色的田野裡飛馳，她的感情也在飛馳。到臺北去，她的世界開始廣闊起來，她的生命也將閃出燦爛的光彩。可是想到母親鬢邊的白髮，想到剛才上車時母親的笑容；當笑容展現時，臉上的皺紋好像又深又厚，如同驟然老了許多。

她想到這裡，心頭的歉意就更深。本來在畢業前，周寧寧曾一再下決心多在家中住一段時間，好好的陪陪母親。因為四年的大學生活，她一直住校，儘管週末跟星期天總是要回家，卻也來去匆匆，難得安靜的在家裡待一天。因此母親老是笑她，說她不像是周家的一個女孩子，而像一個旅客；家不過是她旅途中重要一站。並且母親說這些話時雖面帶笑容，在眉梢眼角，卻透著一份淒涼，彷彿對她這個女兒已經冷了心，不做任何指望；這時周寧寧的心，就會像被針猛然扎了一下，痛得身體一抖。然而母親的老，可說完全是被她拖累的，十幾年來，以一個婦道人家，憑著一份菲薄的教學薪俸，把周寧寧扶養長大，從小學到大學。母親雖沒對任何人訴過一句苦，也沒有使她的衣食短缺。可是從母親頭上一天一天增多的白髮，臉上一條一條加深的皺紋，周寧寧就知道這個擔子是多麼沉重。

如今她總算戴著方帽子走出校門，找到這份待遇不算差的工作。那麼母親的淒涼眼神，憂鬱的是什麼？是一種怕她馬上就會飛走的迷惘？可是要飛，又往那裡飛呢？一個鳥兒要想找個合適的窠，豈是那樣容易。

雖說一心在畢業後，多找點時間留在家裡，也遭遇到極大的困擾。本來在炎炎的夏日，鄉居的生活可以享受一種靜謐情趣，樸素的農村風光，使人減卻許多慾念和煩惱。這時母親教學的學校也放了暑假，母女兩人正可利用這難得的時光，談談聊聊，沖淡家居的寂寞。但使周寧寧懊惱的，每逢與母親碰面時，雖居心想多說幾句話；但愈想說話，反而愈沒有話好說。只不過天氣好壞啦，當天報紙上的新聞啦，以及瑣瑣碎碎的家事。除此之外，就像沒有什麼好談的。於是她就會挖挖挖，挖空心思找話說，挖的難過萬分。所以當她們母女在一起時，經常都是沉默的，而在這種默默相對中，就有一種尷尬。後來周寧寧發現母女兩人，為了避免這種尷尬場面，都有意無意互相躲避著。

也不純粹因為在家裡跟母親沒有話講，也不是因為家居寂寞，便急著出去工作。只因為學業告一段落，做事是必然的過程，雖然一時不想找事，心頭卻時時刻刻轉動著找事情的念頭。所以每天打開報紙，對小廣告版的人事欄，就會不由自主流連一遍，看有沒有合適的事情可做。當她見到恆利貿易公司徵英文打字員的廣告時，覺得所列的條件自己都合，便抱著姑且一試的心理打了份英文自傳寄去，對於錄取與否也不抱太大的希望。那知隔了不到一個禮拜，竟接到恆利貿易公司要她到臺北上班的通知書。先試用兩個月，試用期間的待遇是月薪五千元，正式任用再另行調整。當時她心頭的滋味，是欣喜，是興奮，是困擾，是惶惑。沒想到工作會來的這麼快，把她在家陪母親的計劃完全打破。難道真的剛畢業，就跑得遠遠的？把母親獨自一個人孤單的撇在家裡，空守著寂寞庭院。然而看看母親的佝僂身影，滿頭蒼蒼的白髮，就覺得對母親的虧欠實在太多；除了利用這段時間盡一點孝思，以後或將永遠沒有機會讓她補償。那麼放棄這個機會嗎？當然也不情願，雖然五千元的待遇並不算高。可是這年頭工作難找，有許多人東撞西撞還找不到一件差事；要是放棄這個機會，不知以後是否還會這樣容易就找到事做？那麼還是去吧，把握住今天，才能創造光明的明天，奔向遠處那個城市，去闖自己的天下。

母親見她找到工作，也為她高興。

「你打算什麼時候動身？」

「我還沒決定去不去哩。」

「為什麼不去呢？」母親詫異的看著她：「現在的工作難找，不要眼光太高。」

「不是眼光高，媽媽，是怕我走了，你會寂寞。」

「我已經寂寞慣了。」母親嘆了口氣，抬手把鬢邊的頭髮攏攏，那絡絡的髮絲幾乎全變白了：「自從你爸爸去世以後，快二十年了，我那一天不在寂寞中過日子。」

「媽媽！」她走過去偎在母親懷裡。

「聽媽的話，寧寧，不要想的那麼多。去吧。」母親抱著她，輕輕在她背上拍拍。

「可是我去了，你會更寂寞。」

「總有一天你是要飛的。」

「我能多陪媽媽一天，就多陪一天。」

「天底下沒有不散的筵席，寧寧，難得你有這樣的孝心，媽媽就高興了。只希望你到臺北以後，能時常回家來看看；如果沒有工夫回來，也要常寫信回來。」母親說到這裡又嘆口氣，母親的聲音在顫抖，手在顫抖，身體在顫抖；那麼她的心也在顫抖了。

現在周寧寧終於踏進北上的車廂，讓火車載著她向臺北的方向疾駛。從童年時代起，她就希望有一天自己能夠賺錢，好好的孝敬母親，這個夢總算實現了。鼓起母親為她育成的豐滿羽翼，飛向一個新天地。可是在火車飛馳中，母親頭上的蕭蕭白髮，滿臉層層疊疊的皺紋，聲聲的低沉嘆息，愈發感到清晰，也愈發感到心痛。

她坐下來，調整一下坐的姿勢，想好好考慮考慮她這樣離開母親，究竟是對還是錯？那知一抬眼發現旁邊的位子上，坐著一位懷裡抱著小女孩的少婦，正拿著奶瓶餵奶；那小女孩又偏不肯吃，累得少婦連哄帶騙的講好話。

她突然興起無限感觸，這就是她童年的縮影嗎？母親當年何嘗不是這樣無微不至的照料她，呵暖問寒，唯恐她冷了、熱了、餓了、渴了。而母親圖的是什麼？什麼也不圖，只緣她是她的女兒，就無條件的愛她。如今她已經長大了，翅膀也硬了，卻把母親寂寞的撇在家裡，獨自飛得遠遠的。

三

一支小蠟燭，兩杯咖啡。

咖啡的蒸氣，向上嬝嬝升騰。

兩個人隔著桌子相對，默默無言。

周寧寧拿起杯子輕啜了一口咖啡，放下杯子時，抬眼看看坐在對面的余明；那是一個衣著整齊體面的男士，容光煥發的臉上漾溢著笑容。周寧寧打扮的很入時，一年多的都市生活，使她從鄉村裡的一隻醜小鴨，蛻變成一隻美麗的天鵝。這株嬌妍的花朵，已經現得無比豐盛，只要春風掠過，就會綻放出嬌媚的笑靨。

周寧寧砸砸嘴，咖啡在她嘴裡苦吟吟的。

「你聽我說，余明，從我們認識的時候起，我就對你說過，我的愛情是有條件的。現在我們已經交往了一年多了，彼此都很了解，你對我很好，我也很喜歡你；或許這就是緣分。本來我不想這麼早就談嫁娶，要在母親身邊多待幾年，多孝順她老人家一點。誰知一來臺北就遇到你，兩人又合得來。可是要談婚姻，我還是要提先前那句話──我的愛情是有條件的，不然就不要談。當然我說的條件是什麼，你早已經知道了，不是我對你要求如何如何；因為我本身是沒有條件的，我的愛情就是愛情，別的全不管。然而要我答應你的求婚，你就必須先答應我，將來會好好對待我母親，像我一樣孝敬她。使她的晚年能夠過得快快樂樂，不再那麼辛勞。」

「話又說回來了，也不是你答應我，好好的孝敬我母親，我就可以答應你的婚事，問題仍在我母親身上。如果我母親點了頭，就什麼話都用不著講，那是再好不過的事；如果我母親不喜歡你，那也是沒有法子的事情；你就是再愛我，我就是再愛你，也只有痛苦的分開。所以你現在就是罵我，就是說我無情，都沒有用，一切都得看我母親對你的態度才能決定。不過真要出現意料之外的結果，你也應該諒解我才是。我兩歲的時候父親就去世了，都是母親一個人挈帶著我；我也是她的命根子，為我受苦、受難，有了飯先給我吃，有了衣服先給我穿。如今累得頭髮也白了，腰也彎了，才把我扶養到今天這個樣子。難道我羽毛豐滿的時候，就不顧她的養育之恩嗎？就自己飛走嗎？因此你也可以設身處地為我想一想，余明。要是你也有一個與你相依為命的母親，她在你小時候為你揩屎把尿；你長大以後就會不管她嗎？我想你也做不出來。所以我早就下了決心，無論如何，都要好好報答她老人家；這也一直是我選擇男朋友的標準。如果我在婚姻上，不能尊重她的意見，使她心裡不愉快，我於心何忍？良心何在？」

「好啦！寧寧，說完了吧？」

「你嫌我囉嗦是不是？」

「我是說：這些話，根本用不著講，你剛才已經說過，我們剛認識時候，你就對我表示的很明白，我也一口答應了；否則我們根本不會交往到現在。」

「我承認過去談了很多次，你也答應過。但我們現在要談婚嫁，我還是要再提一遍。因為這次我要你陪我到南部去，完全是我母親的意思，她老人家要看看你。不過你也不必耽心，照我母親的意思，只要你的人好，可靠；那麼我喜歡的男孩子，她一定會同意。所以你儘可以放一萬個心到我家去，問題絕不會像你想象的那麼嚴重；萬一我母親有意見，還有我哩，我自然會幫你講話。說不定我母親見到你，真會像『丈母娘看女婿，越看越有趣』的欣賞你。很高興的答應我們的婚事。」

「要看的沒有趣呢？我們一年多的感情，就因為你母親一句話，就散夥嗎？那愛情也太一文不值了？」余明非常不自然的笑了笑，也拿起咖啡喝了一口，把杯子舉在空中停了半晌，才慢慢放下。

「我母親要見見你，總不能算錯呀。」

「我也沒說不去看你母親，只是你不應該口口聲聲，用你母親這頂大帽子壓我。要說句老實話，我要跟你結婚，你的母親就是我的母親。何況我又是單身，求之不得有個母親照應。」

「好好好！算我說的都是廢話。」

「咖啡冷啦，喝吧。」

「我不想喝，我該回去囉。」

「還早嘛，我們再好好談談。你要我去見你母親，也該把那方面的情報向我提供一點，我好過關斬將，通過這最困難的一關。」

「我母親也是個老好人，什麼事都聽天由命，與人無爭，更不會吹毛求疵。你見到以後，就會發覺她是多麼和藹，也最好說話不過。但你也不要以為她在信裡寫得嘮嘮叨叨，就以為她把我管的很嚴。其實她很少管我的事，任何事情都尊重我的意見，待人也相當客氣。特別是我的朋友，她都十分歡迎。」

「那我得針對你講的，預先擬訂一個腹案；為了我們的愛情，又有什麼法子。」

「就這樣吧。放心！余明，我究竟是愛你的，這年頭找一個相愛的人不容易呀。我們就走吧，今天你也不要送我，我回去還要給我母親寫封『限時專送』，告訴她這個週末，我會同你到南部看她。」

「總該行個吻別禮吧。」

「討厭！」周寧寧推開余明想抱她的手。

周寧寧說完便站起來，她覺得這幾天的情緒非常不穩定，必須跟余明早早道別。回去安靜的好好想一下，把紛亂的思維理出一個頭緒。

兩人走下樓，互相揚揚手，便各走各的路。看看余明走遠的背影，周寧寧心頭便泛起一股不曉得是喜悅，還是感傷的複雜滋味。真是想都沒想到，這樣快就有了可以互談嫁娶的親密對象。是因她當初一到臺北就遇到余明，在這人生地疏舉目無親的地方，她總不能見到一個男人就當做寶，她謹慎再謹慎的觀察他一陣子，說他精明吧，又帶著一股傻勁。說傻吧，有時候一點也不傻。只是不肯對人耍心眼罷了。因此坑人的事，他絕對不肯做。吃虧的事，就得看事情的大小了。如果只是佔他一點小便宜，他會不說一句話。明知是吃虧，他也認了。誰讓人與人之間，沒有一件事情是絕對公平的。總有一方會落下風的，要想弄一個雙贏的局面，天知道，只有那些耍嘴皮子的人，才能花言巧語的欺騙自己，又騙別人。

因此她就把許多事情託他辦，他也傻乎乎無條件的幫她處理。像找房子，搬行李，打掃清潔等等。不會說一聲煩，也不會叫一聲苦，終至感情愈陷愈深，把自己掉進他那個傻布愣登的懷裡。

當然了，余明並不是一個十全十美的男人，也不是她心目中原先要求的那個典型。正應了母親那兩句話：『世界上沒有十全十美的事情，要想十全十美，就是自己討苦吃。』好像人類對愛情，追求是追求，婚嫁是婚嫁，完全是兩碼子事。幾乎沒有一個女人能嫁到，她當初夢想的那種男人。余明這個人的淳樸、誠實、可靠與憨厚的性格，還是打動了她的心，決心託付終身。她這次要余明同她回家見母親，她也知道母親會答應他們的婚事。母親早就對她講過，這年頭的女孩子，都講究自由戀愛。不過為了使余明將來能死心蹋地的孝敬母親，她不得不一再跟他說明白。先拿個大帽子把他扣緊，他就飛不出她的手掌心。

四

是一個美麗的艷陽天，太陽高高的照著，余明在小院內不安的走動。他時時抬頭望向天空，在一碧無垠高高長空裡，飄著絲絲銀色的雲朵；那細細的雲縷時時在變幻，如同余明時時在變化的心情。

頃刻他臉上浮起微笑。

頃刻又掩上一縷輕愁。

陽光很溫暖，雖是初春的天氣，但春天的腳步已搶先踏過南部的鄉野。像一隻天使的手，撫摸著被冬季寒風殺傷的土地，以無限的溫馨滋潤著無數生命，讓牠們生出新芽，展現出笑容，給他們新的希望。這個小院好像春來得更早，春的氣息最濃，那些經過細心培植與朝夕灌溉的花木，現在已是繁花似錦，杜鵑笑了，玫瑰著上新粧，茶花織成一樹紅色雲霞，紅綠相映中各逞嬌妍。使余明心頭那個彩色的夢在突突躍動。

他走過房屋的門口，拾起放在牆腳的一把剪刀，拉住一條樹枝胡亂剪著，把許多葉子剪到地上。但過了一回兒，他突然感到，他並不是全無目的的剪，而是在剪裁一種東西；難道是在剪裁他心頭的愛情圖案嗎？看到那一地紛紛被剪下來的枝葉，就好像愛情圖案破碎。

周寧寧在房裡跟她母親談話，當然是談她母親對他的印象。余明本來是坐在客廳裡，為了避免落個偷聽她們談話的嫌疑，便溜出來。心裡卻一直在耽心，他們的愛情會不會被她母親一句話就完蛋，像他剪的這滿地碎葉一般凋零。周寧寧是一個孝順的女兒，處處為她母親著想：要是她母親居心要剪碎這份愛情，她一定會聽她母親的話。

突然，余明強烈的想聽聽周寧寧跟她母親到底說些什麼。他繞過樹叢走到她們母女商談的那個房間外面，僅是一窗之隔，就不容易聽得清楚。

側起耳朵，才隱約聽出周寧寧說話的聲音。

這究竟是不雅的，余明很快便走開，去到花圃中撥弄一朵玫瑰；那大紅的花朵，蓓蕾才剛剛展開，舒捲的花瓣像絲絨一般。端詳著這花朵，就想起周寧寧的嬌媚笑容，也像一朵在春風中搖曳的玫瑰，溢出清郁的芬芳與明麗的光彩。余明的憂悒情緒突然一掃而光了，他相信周寧寧對他的愛情，和她那種堅貞不變的性格。春天是一個美麗的季節，放眼看去，一切都流露著華彩，綻出歡笑的容顏，任何事情應該都有一個美好的結果。

其實余明的耽心沒有錯，他既沒有那種使人一見就產生好感的英俊相貌，想要一見面就給人良好印象，自然是十分困難的事。但周寧寧並沒有背棄對余明的諾言，現在她正在屋裡幫他說話。

「媽媽，你說嘛，到底喜不喜歡余明？」

「我喜不喜歡他沒有關係，你要是喜歡他，我自然得喜歡他；我只是問你了不了解他？關於他的身世，過去有沒有女朋友，清不清楚？」

「我又不是戶籍調查員，幹嘛要調查那麼清楚。我只知道他過去是一個孤兒，沒有家業，沒有親人，小時候在孤兒院長大。長大以後讀書、做事，就都靠他自己一個人奮鬥。現在他雖然是在公家做事，待遇也平常，但我們交往了這麼久，覺得他這個人還很可靠。至於他以前有沒有女朋友，如今的男孩子，那個不認識幾個女孩子。」

「那不好，寧寧。感情就不純了。」

「媽媽怎麼還那麼古板？我過去還不是認識幾個男孩子。現在的社交這麼公開，要再那樣的講究，不論男的女的，可能沒有一個感情純的。」

周太太嘆口氣，看看女兒：「我覺得你還是沒有完全了解余先生，寧寧。你們為什麼這麼急著要結婚，為什麼不多了解了解再決定。」

「媽媽是反對我這麼早結婚了，我只有不談了。」

「不！寧寧，我不是這個意思。」周太太急急的說：「我只是覺得你們應該互相多了解了解。」

「那樣我們可能就分手了。」

「為什麼？」

「我也不知道什麼原因，許多男女朋友，不論他們感情好到什麼程度，等到完全了解的時候，反而會各走各的路。打個譬喻說吧，有許多鄰居家的男女，他們的家庭環境相同，年齡也合適，又從小在一起玩，彼此可說十分了解。在這種情形下，他們應該能夠成雙成對才是，事實在一起談情說愛的，卻少之又少，而有許多男女，原先根本不認識，只見過幾次面，就迷迷糊糊結婚了。」

周太太搖搖頭，她不同意周寧寧這種說法，卻也提不出反駁的證據。細細打量女兒一眼，寧寧是長大了，有她自己的獨立判斷能力；但也無法證明她這種判斷能力，完全是成熟的。她只是在都市待久了，被那些新思潮涮來涮去，把包在她思想外緣那層古老的法則磨破。在徬徨無依的當兒，尋了些半生不熟的新潮產物補住傷口，弄得思維能力殘缺不全。不過換句話說，她那些理論，也不是絲毫沒有理由，她的意見才會被女兒駁倒。而她所以要說那番話，也不是想阻撓女兒的婚事，而是為她好；她是她唯一的骨肉，她不能讓她的婚姻失敗。

於是周太太開始懷疑自己是不是真的老了，老得沒有牙；以致無法咬碎這些新潮思想的外殼，而把它吸進去。她還有什麼話好說，不說也罷！

「媽媽，我的話不對嗎？」見到母親搖頭，又感慨的半天不講話，周寧寧開始感到憂慮。

「很對！很對！」

「媽媽好像很不開心。」

「你聽我說，寧寧。媽媽早就說過，你要找到合適的男人，有絕對的婚姻自由。現在媽媽再重複一遍，你要認為余明合適，你還是有那種自由。」

「媽媽為什麼不直接說你答應我們呢？」周寧寧嬌笑的說：「我所以選擇余明，也完全是為了媽媽。因為余明已經答應過我，他將來一定會好好孝敬媽媽，我才會同他交往。並且他是單身一個人，沒有別的掛牽。我們結婚以後，他就會像你的兒子一樣。」

「也許會的。」

「那你喜歡余明啦？」

「他要成了我的女婿，我不喜歡行嗎？」

「你真好，媽媽。」周寧寧高興的在母親面頰上親了一下：「余明將來一定會好好孝敬你，我馬上去叫余明進來見你。」她說著便飛奔了出去。

周太太直起身體伸個懶腰，她好像很疲倦。指望女婿將來孝敬她，那不是做白日夢嗎？連自己親生的女兒，對剛才她說的那番話，竟一句都沒聽進去，她反倒要聽女兒的。女兒大了，女孩子大了就是人家的，要留也留不住，只是她將更孤獨，更寂寞了。

五

為了遷就母親的假期，周寧寧跟余明的婚禮訂在七月的第三個週末，那時候所有的學校都放了暑假，周太太可以有充裕的時間，來參加他們的婚禮。

在炎熱的夏天，忙著籌備結婚是一件惱火的事，整天的又煩又累。為此周寧寧跟余明鬧過幾次小彆扭，但很快就雲消雨散。然而兩隻單身的鳥兒要築一個共同的窠，不論大事小事，只要一動就得用錢。偏偏余明又沒有多少積蓄，他雖然做了好幾年事，先前為了學業，根本攢不下錢。至於周寧寧自己，就更不用說，統共做了不到兩年事，都市的生活使她眼界高了，時髦了。每月的胭脂粉兒，就花銷她大部分薪水。

要結婚，首先要有一間共同生活的房子；為了付房子的押金，又花掉一部分結婚費用。

於是購買其他用具，就捉襟見肘。

有錢，沒錢，兩人都沒為這方面煩惱。當初他們的感情既不是建立在金錢上，彼此的經濟情況也都了解，就不會為此不愉快；抱著能省則省的原則，先把大的事情辦過去。至於缺什麼用品，爾後可以慢慢置備。可是為了余明想送周太太一件禮物，與周寧寧的意見竟發生衝突。

照余明的意思，難得周太太當初那麼爽快便答應了他們的婚事，現在兩人要結婚了，應該好好謝謝這位準丈母娘才是。何況他上次到南部去，也沒有帶什麼禮物，心裡始終存著一份歉意。這個意見周寧寧原則上也同意，在他們結婚前夕，兩人聯名送母親一件禮品，確實是很有意義。當余明把這項費用列了兩千元的預算時，周寧寧就表示意見了，嫌數字列的太多。因為她想不出花這麼多錢，給母親買什麼東西好；可說沒有合適的東西可買，衣服、鞋襪啦，也花不了那麼多錢，也不必買太貴的。依她母親那種儉樸性格，太貴的東西她也不會接受，反而會說他們浪費。再說他們手頭那麼緊，處處都要錢，恨不得一錢當做兩錢用，又不好意思向母親伸手要錢。如今添了這宗支出，免不了要拆了東牆補西牆。

余明卻覺得無論他們怎麼困難，這件禮物卻不能太寒傖，才能表達出他們的心意。幸好周太太還沒要聘金，要是開了口，他還是要設法張羅。

周寧寧卻說什麼是心意，心意就是能真正表達出他們對母親的孝思，那麼只要一件能使母親喜歡的禮物就是好的，不一定要花很多錢，買很貴重的物品。兩人便這樣公說公有理，婆說婆有理的爭論了好幾天。最後還是余明讓步，由周寧寧全權處理，花錢多少不要緊，要緊的是讓母親喜歡。

買什麼東西合適呢？兩人討論的結果：一致同意買一只手錶比較妥當。周寧寧知道母親那只手錶已經戴了二十多年，變成標準老錶，時間老不準。

手錶很快就買了，花費五百六十塊錢，金色的合金殼子，是時下最流行的新穎樣式。

周太太在學校放過暑假後，就匆匆的趕來臺北。余明跟周寧寧接到母親的信，便準時趕到車站去接，買了月臺票，直接進入站內等候。當周太太的影子出現在月臺上時，兩人便高興的跳著叫著迎上去。

「媽媽！媽媽！」

周太太也很快發現他們，臉上立刻露出笑容。但看在周寧寧的眼裡，母親頭上的白髮又添了幾許，額上的皺紋又深了一些，她一面把母親手裡的行李搶到手裡提著說：

「媽媽，你辛苦了，坐車很累吧？」

「還好，不累。」

「媽媽。」周寧寧一換手，把行李箱塞到余明手裡，同時迫不及待打開手皮包，掏出裝錶那個紅色法蘭絨的小盒子，獻寶似的送上去：「你看我跟余明送你的禮物。」

「謝謝你們囉。」

「是一個手錶，媽媽，你喜歡吧？」周寧寧又搶著把那個法蘭絨盒子打開，讓母親看。

「好漂亮啊。」

「花了多少錢？」

「才五百六十塊錢，好便宜呀。」

「你們現在正用錢的時候，何必花錢給我買東西？」

「這只是表示我們一點心意。」余明上前說：「我和寧寧商量了好久，不曉得買什麼好；還是寧寧提議買手錶比較實用；媽媽用的那個手錶舊了，也該換換。」

「我就給媽媽收起來了。」周寧寧又把裝錶的盒子蓋好，放回手皮包裡。

「可是你呢？寧寧。」

「我怎麼呀？」

「你結婚了，應該買個新錶才是。」

「我等以後再買，我這個錶走的還很好。」周寧寧抬起手臂，把戴在手腕上的錶給母親看看。

「樣式也舊了。」

「媽媽給我買了好幾年了嘛。」

「再把剛才那個錶拿出來我看看。」

「這個錶的樣式是很新，是我特地給媽媽選的。」周寧寧又把那只錶拿出來遞給母親。

周太太把手錶拿在手裡掂掂：「我這麼大的年齡了，戴這樣一個錶，像什麼，還不如戴個老氣一點的，這個錶要是寧寧戴著倒合適。」

「我不要，媽媽，那是我們送你的。」

「我知道你不會要呀，你們現在的女孩子，穿戴都講究。就拿你手上那個錶說吧，五六年前買的，就花了兩千多塊錢。不知道你們買錶那個店離這近不近？」

「很近，就在衡陽路。」余明插口說。

「那我們再去看看好嗎？」

「你不喜歡這個錶？媽媽。」周寧寧奇怪的瞪大了眼睛看看母親，母親不是一個挑剔的人哪！

「不是不喜歡，要有合適的換一個。」

「東西出了門，人家可能不會換。」

「做生意的規矩，要是你換的東西比原來價錢低，大多數的店家都不會換；如果你換的東西超過原來的價值，大多數的店還是會給換的。」

周寧寧噘起嘴，真沒想到母親對手錶會那麼講究。原以為母親是個儉省的人，花太多錢給她買禮物，會被她抱怨太浪費，不會過日子。今天卻對一隻錶那樣講究起來，弄得她當場在余明面前出糗；早知如此，當初多花幾個錢給母親買個好一點的不就成了。

從車站坐車到衡陽路，只不過眨眼的光景。

下車後，周太太就匆匆的進入錶店，一面喚著女兒：

「寧寧，快來看看，你看這個好不好？」

可是周寧寧一打眼，就發覺母親的眼睛盯在一隻標價八千多元的錶上。她倒抽了一口冷氣，母親要看上那隻錶就糟了，不知余明身上帶的錢夠不夠付賬的。她用臂肘碰碰余明，發覺余明的臉也變了顏色。

「媽媽看好就成了。」

「這個的樣式也很好。」周太太又指指另一隻。

「這個錶是很漂亮。」周寧寧只有勉強的漫應著，那隻錶標的價錢好像更高，使她不敢仔細看清楚。

「好像太老氣了一點，你說是不是？寧寧。」

「我看太貴了，媽媽要一萬多塊呢。」周寧寧想，母親的眼睛或許花了，沒有看清楚，所以趕緊把價錢講出來，提醒母親注意。

「要買就買個好一點的。」

「我覺得太貴的錶，不一定實用。」

「如今不同呀，如今是你們結婚的時候；你再看這個好不好？樣式倒是很新。」

周寧寧心頭一直在嘀咕，雖然我們結婚，母親也該體諒我們的經濟情形，有沒有能力買這樣的禮物。母親新指的那隻錶，價錢也超過一萬以上。

「媽媽不是說要買個老氣點的嗎？」

「老氣一點的，年紀輕輕的，不打扮成老古董了。」

「媽媽真是老來俏了。」

「你是說我呀，寧寧，媽媽才不買這樣的錶；我是給你買的，才選這種時興的樣式。」

「我這一刻，還一直以為媽媽是給自己買的哩。」周寧寧啞然失笑說，也鬆了一口氣。

「我買什麼錶。」

「這個錶是我跟余明送你的，媽媽為什麼要換。」

「我的意思是這樣，把這個錶換一個好一點的給你，你換下來那個舊錶給我戴就成了；我知道你那個錶雖然戴了這麼多年，倒很準。要是我戴你們送的這個，再給你買個新的，那個舊的就扔了。多可惜。」

「那叫我倆怎麼安心。」

「你不要管，我只要有錶戴就成了。你看什麼樣式的好？自己好好選一個。」

「你剛才說那個就好。」

「要多少錢？」

「七千三百塊，講講價錢大概可以打點折扣。」

「你再挑挑看，有沒有更中意的，但也不要選那些過於貴的。結婚是一輩子的大事，總得買一個自己心愛的手錶。對了！余明！你在那裡站著幹什麼？也趕緊給自己選一個呀，兩人才公平。別將來抱怨我這個做媽媽的，向了女兒，偏了女婿。」

買妥錶，到付賬的時候，周寧寧才發現母親帶了不少的錢來臺北，走出錶店時她才低聲問道：

「媽媽，你帶這麼多錢來做什麼？」

「給我女兒辦嫁粧呀。」

「那又何必呢？」周寧寧感動的說：「我知道媽媽這些錢攢的不容易，都是平時捨不得吃，捨不得穿，才一點一滴積起來的；卻拿來給我辦嫁粧。你想我們怎麼好意思，還沒有孝敬你老人家，就先花了你的積蓄。」

周太太嘆口氣，在女兒肩上拍拍。

「我積了錢為什麼，還不是為今天，好使你光彩光彩。你們的家具買齊了嗎？看還缺什麼東西，我們就去買。電視機和電冰箱都有了嗎？」

「還沒有。」

「沒有電視機怎麼成，連我這孤寡老太婆，家裡還有個電視機，無聊的時候打開看看。你們這樣白天上班累的不得了，下班後也該看看電視消遣。」

「那些東西，我們準備以後分期付款買。」

「就你們每月賺那幾個錢，要去了分期付款，去了房租，還夠做什麼的？今天就一總去置備吧。媽媽也跟你說明白。我統共帶了八萬多塊錢來，除了剛才給你們買手錶去掉一萬多，再給你們買個電視機和電冰箱，或別的零碎東西；再留幾千塊給你們去度蜜月，下餘的我自己用。因為你們去度蜜月的時候，我勢必要留在臺北給你們看房子，等你們回來才能走。」

「你真好，媽媽，我們將來怎樣報答你呢？」

「說那些話做什麼，寧寧，你是我唯一的女兒，我有了錢不給你用，給誰用？」

於是周寧寧的嫁粧裡，電視機有了，電冰箱有了，洗衣機有了，把新房佈置得樣樣俱全。

然而在婚禮的時候，周寧寧卻在母親的眼角，發現一滴晶瑩的淚痕。

六

孩子生下來，哇哇的哭著。

那是個可愛的小女孩，家裡有了孩子，增添了許多生活情趣，也憑添了無限煩惱。

余明跟周寧寧兩口子白天要上班，沒時間帶孩子，只有請樓下的一位阿婆幫忙帶，下班後再抱回家。因此周寧寧在辦公室老是憂心忡忡，怕阿婆不盡心照料，會使孩子挨餓受凍。可是晚上抱回家，小兩口沒有帶孩子的經驗，半夜總要哭一場，抱著，搖著，都無法止住哭聲，害得兩個人都睡不好覺。把余明氣極了，會朝孩子屁股上打兩巴掌，夫妻就因此吵起來。

這時候周寧寧就會想到母親，如果母親在這裡，一定會把孩子調理得好好的。能夠請母親來照料孩子嗎？一方面母親沒有時間，就是有時間也無法開口。原本希望結婚後，好好孝敬母親，總不能讓母親沒受到絲毫孝敬，倒給她添許多麻煩。

周太太在南部聽到小兩口吵架的消息，趕緊請假趕來臺北，說好說歹的為兩人調解。母親看起來又老了，周寧寧每當周太太來臺北時，總要細細的瞧母親兩眼。在沒有結婚前，她總是隔不多久回家一趟，如今自己有了家，被那些雜七雜八事情纏的，就難得抽出時間到南部，都是母親遙遙的往臺北跑。

孩子抱在外婆懷裡，就會很安逸。外婆有一種奇怪的法術，不論孩子哭的多麼厲害，只要外婆搖搖拍拍，就會安靜下來。周寧寧一心想學這種法術，卻學不會。

有了母親在家裡，夜裡就會很靜，孩子不鬧，夫妻間那道裂痕就很快合攏起來。無奈母親在臺北只能住一天兩天，又匆匆走了。

於是孩子夜裡又鬧，夫妻又吵架。

看到外孫女那個乾黃的小臉，看到小兩口動不動就吵架的情形，周太太便感慨的說：

「看樣子我真該退休了。」

「媽媽早就該休息休息了。」

周寧寧高興的說：「媽媽退休後就來臺北住，讓我跟余明孝敬你。」

「是要我來給你們看孩子吧？」

「我跟余明真的一心一意想好好孝敬媽媽；不過媽媽要在臺北，當然可以順便照應小寧。」

「我在臺北住不慣，我在鄉下過習慣了。」

「那媽媽就經常來看看小寧，小寧喜歡外婆，有外婆抱著就不會哭。現在余明被小寧鬧的，肝火特別旺，老發我的脾氣；但也不能怨我呀，我本來就不是一塊帶孩子的料。」

「也只有這樣了。」做母親的無奈的說。

周太太的退休，說辦就辦，回到南部便向學校提出申請。但正式退休後，終日無事，日子就更寂寞，到臺北看女兒就成她唯一的工作。每次到了女兒家裡，總要住上幾天，結果在臺北住的時間，反比在自己家裡的時間多。有了外婆的看顧，孩子長的壯了，豐滿了，小臉蛋紅撲撲的。孩子像跟外婆特別有緣，見到周太太就笑得把小嘴咧開，舞動著小手要外婆抱。

在女兒家裡住久，發現吃飯也是小兩口的困擾。周寧寧每天下班後，又要匆匆忙忙的做飯，偏偏又沒有烹調經驗，弄得手忙腳亂，做出來的飯菜總是半生不熟；使周太太感到又好笑，又可憐！兩個人都這般年輕輕的，長期吃這樣的伙食，怎麼受得了？

疼女兒的心情，在周太太心頭結成一個疙瘩，卡的她很難過，便在每天下午抽空幫他們做好飯。日子久了，女兒下班回家，便會笑嘻嘻的說：

「媽媽，飯好了沒有？」做飯好像變成她分內的事。

也許是前世欠了女兒的債，每天看到女兒那種殷切盼望的目光。就是不想做飯，也不能罷手了。

感到欣慰的，是小外孫越長越活潑可愛。

因此回家的時候便越來越少，就是回到家裡，心裡也老掛著小外孫乏人照應，女兒下班又要下廚做飯，因而隔不到幾天就禁不住要回臺北。也真靈驗，只幾天的光景，小外孫的臉蛋兒就凹了下去，女兒便說：

「你還是搬到臺北住吧，媽媽，你看小寧這幾天又瘦了，我們也好就近孝敬你。」

「我還是覺得住在鄉下好。」

「要是住的太遠了，我們想孝敬你都困難。」

女兒同女婿曾經孝敬過她什麼？她來臺北整天給他們抱孩子，給他們做飯，給他們打掃房屋。可是懷裡抱著小外孫，好像就萬事已足；看到小兩口津津有味的吃著她做的飯，就感到十分愉快。

女兒老是搬家，也是一件傷腦筋的事。但房子的租約到期了，租金談不攏，沒法子不搬。每次搬家都要換一個新環境，接觸一些不同的人物。有一次周太太回家住了個把禮拜，回臺北女兒家裡時，竟撲個空，他們突然搬家了；三更半夜又打聽不出搬到那裡，只有到旅館住一夜。

翌日到女兒的辦公室，才弄清楚搬家的原因。原來周寧寧原先租的那個房子，樓上樓下都招了小偷，弄得他們不敢再住下去，才趕緊躲開那個地方。由於搬的時間太急迫，來不及通知母親。周太太皺皺眉頭道：

「你們這樣老是搬來搬去，不成啊！」

「那有什麼法子？」周寧寧也皺了一下眉頭。

「你們應該自己買個房子。」

「要買得起，不早買了。」

「唉！」周太太感嘆道：「你晚上跟余明商量商量，找合適的房子買一個，錢由我出。」

「媽媽那裡來的錢？」

「我的退休金哪。」

「那個錢媽媽應該留著自己用，我們不能用你的錢；你辛苦了那麼多年，才領了那點點錢。」

「我用？往那裡用？還不是用在你們身上！」

「我們一直都想孝敬你，一直都沒有孝敬過，反而老花你的錢，叫我們怎麼安心？」

「你們有這份心意就夠了，寧寧。我難道真要你們孝敬？」

「你真偉大，媽媽。」

「你聽我說，寧寧，每一個母親都是偉大的。你是剛生小寧，還沒體驗出做母親的心，再過幾年你就會曉得。我有了錢為什麼給你花，因為你是我的女兒，我愛你，所有的東西就會無條件給你。這就是為什麼『人是萬物之靈』，原因就在這裡。」

「媽媽！你真好！」

劫

一

蕾蕾把手掛在新郎臂上走向電梯的時候，周南先生取下嘴上的煙斗，把嘴張了張，想叮囑女兒幾句話；可是話到嘴邊，又覺得那些話是多餘的，女兒不會聽他那一套。這年頭父母對兒女講話，越來越難了；要是不問不聞，他們會說你不關心；稍為多講幾句，就被認為嘮叨。何況從今天起，她的一切事事物物，已經有人幫她打理，用不著他跟在屁股後面惹人討厭。

說是不操心，卻不那般容易，想到千嬌百媚的女兒被那樣一個小傻子帶走，心裡就不是滋味。那番沒講出口的話，便在心頭咕嚕咕嚕直冒泡；越冒越躁的慌，弄得心頭好亂。他便把煙斗放回嘴上，把它咬得緊緊的；那是他多少年來養成的習慣，當有難題困擾他，或情緒感到煩躁的時候，只要用力咬緊煙斗，就會使他的心定下來。然而此刻他心亂得煙斗到嘴上後，馬上便斜吊到嘴角上。他怎會驟然如此消沉呢？照過去的情形看，他不會這樣呀！他是一位出身軍伍的人，受過完整的軍事訓練，經過槍林彈雨的磨鍊。因而即使面對生死交關的情況，都能沉著堅定的泰然處之。才使他在這個內心充滿憂煩的時刻，面上仍能保持鎮定，把高大的身材挺得像一座山，寬闊的大臉上，露著愉快的笑容。他很快又把煙斗扶好。雖然此刻煙斗裡的煙火早已經熄滅；但他緊咬著它，不僅使他看起來派頭十足，更可以把嫁女兒的哀傷，掩飾得天衣無縫。

可是一場熱熱鬧鬧的喜宴，在新人離去後，馬上冷清下來，一時整個飯店全是桌椅的碰撞聲。他為了不妨礙人家整理東西，連忙躲到一邊。那知他站的地方，竟是一個窗口，可以俯瞰大半個台北市區；在這周末的日子，滿街都是車跟人擁擠的盛況。好像整個世界上，只有他一個人孤孤單單的，誰也不理睬他似的。

那種斯人獨憔悴的感覺，使周南在禮堂裡一分鐘都呆不下去，便向男方家長打個招呼，走向電梯。但在電梯門打開的剎那，他卻對著那空洞洞的方盒子嘆了一聲；不過那聲嘆息，低得他自己都聽不到。這也是周南令人尊敬的地方，他那種優雅的紳士風度，即使在任何不愉快的當兒，都能儀態安然。等電梯間的門關上後，他才拿下煙斗揉揉下巴骸，望著空際把嘴嚼了幾下。怎奈電梯太快，沒容他再做別的動作，就已經降落地面。可是他走到飯店大門口時，看著街頭的車水馬龍，竟不知到那兒去好了。回家嗎？這時候回家幹嗎？蕾蕾離開這個家，也把那股活潑的氣氛帶走了。如果不回家，又去那裡呢？在這個心事重重的下午，好像什麼事情都提不起興致。

就在那時光，司機已經把車子開到他的面前。他揮揮手要司機把車子開走，並告訴他今天不用車子；然後便用散慢的步子，順著街道緩緩走去。

嘎！一輛計程車在他身邊停住。

他向車子打量時，車門又吱呀一聲打開。

他被這情形弄得不知所措，又望望車，望望司機；覺得車子停到他身邊，就非得進去不可。

「到那裡？先生。」司機把車門關上問。

他驀地一愣，他也不知道到那裡好啊。今天是怎麼了？怎會連個主張都沒有，胡里胡塗就上了車。人家既然問他，總得給他個回答。

「有好玩的地方嗎？」

「那就新北投好了？」

「哦哦！我講的不是那個意思。」他慌亂的說，沒想到隨便一句話，引起那麼大的誤會。

「不然就到酒家？」

「我指的是別的地方，不是那種地方。」

「我知道！我知道！」司機一副老馬識途的模樣：「放假天沒有事情，大家都寂寞；不過好玩的地方實在不好找，酒家啦、舞廳啦，新北投那些地方，都是一樣的味道，玩久了，也沒有意思。現在我帶你到一個地方，包你滿意。那是一個地下酒家，但是論場面、論氣派、論小姐，正式的酒家都比不上，價錢反而比較便宜。」

「你看我這把年紀，還能往那種地方跑嗎？」他大聲的笑著提醒司機，免得越講越離譜。

「人老雄心在呀，先生。」司機也笑了：「別的好玩地方，我就不曉得了。要說電影院或歌廳那種娛樂的地方，你可能更沒有興趣了。」

「那就送我到仁愛路吧。」

司機答應一聲，便把車子開快。他也調整一下坐的姿態，把身體仰在後面的坐墊上。但想想剛才的情景，自己都有點忍受不住的抓狂，難道就由於蕾蕾結婚，竟使他昏了頭，差一點被計程車載到風光旖旎的新北投，落入脂粉堆裡。那情形，如果在他年輕時候，可能會點點頭，不是嗎？那個男兒不風流。然而，他今天怎會失常到那般地步？他不是早就知道嗎？這樁事情遲早總是要來的；女大不中留，鳥兒到了該飛的時節，那對翅膀不是父母能束得住的。

那麼是他跟老朋友們多乾了幾杯，醉了。

二

魔鬼俱樂部設在仁愛路一條僻靜的巷子裡，是一棟三十多坪的樓房，裡面陳設一些沙發，幾張矮几，跟一個木架子；架子上放著幾罐咖啡與茶葉，以及咖啡杯和茶杯之類，並有一個坐在沙發角上打瞌睡的小姐。那是這間俱樂部，是周南跟幾位當年一道服務軍旅的朋友成立的，做為大家休閒活動的處所。會費原說由會員們平攤，可是那些曾經風雲際會的官兵，在離開軍中後，不一定每個人，都能混得出入頭地。所以當初那個協議。過了一段時間，所有的費用便落到幾位有成就的會員身上。由於大家都是出生入死過的伙伴，誰也不會去計較。像周南如今經營兩個貿易公司跟一個工程公司，錢多得莫栳栳，每月所出的費用，就超過規定的十幾二十倍。由於平時大伙都忙，很少跑到這兒；因而經常只服務小姐一個人守著這間空洞的房子，寂寞的打瞌睡。唯有周末或星期天，大家都閒下來，這兒的色彩才是富麗的。

當周南往樓上走著的時候，精神又煥發起來。既然他們婚都結過，他還一個勁的耽心幹什麼，不是自尋煩惱嗎？管它呢，得樂且樂吧。所以他一面精神抖擻的走著，腰幹挺得繃直，頓覺自己年輕了許多。同時一面暗想，他如果接受那個司機的建議，去了新北投或地下酒家，此刻會是什麼景況，也許真會醉倒在鶯燕呢喃的春光中。但不容他再想下去，他剛走上樓梯，就有人跟他打招呼：

「你怎麼也跑來了？老周。」

「酒席也散了，人也散了，沒別的地方好去，只有到這兒打一個轉。」打招呼的那個人叫林屏世，周南走到他面前坐下：「你怎麼走的那樣快？講都不講一聲。」

「我以為你今天一定會很忙，那裡有時間玩，就自己先走了。我還聽老趙說，酒席完了，你還要跑到你女兒新房那邊看看，沒想到倒跑這裡來了。」

「本來想去看看才放心，我說那兩個小傢伙，把結婚當做小孩子扮家家酒似的，我給他們買了房子，什麼東西都沒整理就緒，便急著要入洞房。僱了個傭人，也是一個小女孩，倒三不著兩的，什麼事情都不會做，你說我不去幫他們照應照應，怎麼成？可是後來想想：他們結婚，我跟著窮忙個什麼勁，這年頭兒女的事情，別說做父母的管不了；就算管得了，還不是討人嫌。」

「你好像感慨很深。」

「是不是很深，我自己也胡塗了。」

「對！」林屏世同意的點下頭：「如今管兒女們的事的人，就是自找麻煩。還是擺我們的吧。」

「你先吧！」周南敲敲棋盤說。

原來他倆是一對老棋迷，要在魔鬼俱樂部碰面，總要殺上幾盤。而服務小姐對所有會員的愛好，早已經摸清楚，見兩人坐到一起，連問都沒問，就把棋盤棋子在他倆面前放好，又泡來兩杯茶。不過他們兩個人的棋，都是屎格郎掉到毛坑裡，誰也別嫌誰臭，偏偏誰又不服誰，不肯佔先。

「我看還是你拿黑棋吧。」林屏世笑道。

「別嚕囌了，猜子！」他覺得那樣最乾脆。

「連子都不用猜，今天你準輸。」

「憑你那個臭棋，想贏我？」

「今天是什麼日子嘛！你有沒有想過？嫁女兒的日子，賠錢！還會贏棋啊？門都沒有。」

周南抬手朝林屏世甩了一下，就勢拾起一顆黑子放到棋盤上，接著兩人便黑子白子劈哩拍啦的亂落。不過周南一面下著棋，卻禁不住把林屏世的話放在腦海裡細品起來。她嫁女兒是賠錢嗎？他從來沒做過那種想法。不錯，他給蕾蕾的嫁粧是十分齊全的，包括一幢公寓，一輛車子，以及新房裡的一切設備，可說應有盡有。同時他還聽人在背後講，娶到他女兒，是人財兩得。當時他曾氣的不得了，他們的嘴巴怎麼那樣缺德，講那般難聽的話；可是細想想：也是實情，蕾蕾天生麗質，長得人見人愛，又跟一大堆財富連在一起，也就不以為怪了。別人要講，就讓他們講好了，蕾蕾是他唯一的女兒，他的錢不給她，給誰？他唯一對蕾蕾不滿的，是覺得她對婚姻的態度，有點顧頭不顧尾，不往遠處看看。照她的面貌與身上所接連的財富，應該是世上所有的男人，都儘著她挑選；何況本來就有很多條件優越的男生，在她身畔打轉，她千不挑，萬不挑，偏要在一筐蘋果中，挑一個蹩腳貨。

別想了，下棋吧，管也管不了。

那盤棋他果然輸了。

這回林屏世捉到理了。

「到底輸了吧？」

「別神氣，再來！」

輸棋歸輸棋，周南絲毫沒放到心上，更不會把輸棋跟嫁女兒連在一起。那是他在觀念上，是把下棋當做一種消遣，贏也罷，輸也罷，只要達到消遣的目的就好。所以他從不像別人，為了贏棋，一個人苦心孤詣的打譜，或為一步棋絞盡腦汁去思考。然而在別的事情上，他卻不是一個那麼不花腦筋的人；也可以說，除了玩的方面，他對任何事情都有極專注的敬業精神，審慎的研究跟處理每一件事；就由於他那種堅定而審慎的態度，使他成為一個優秀的軍官，與一位成功的企業家。還有愛情，啊！那樁愛情得來可真不易，因為那樁愛情不是發生在國內。

那是二十年前的事了，他被軍方派到遍地烽火的越南，做技術援助。雖然在行前，派遣當局一再告誡他，貓兒們不得在當地製造桃色糾紛；其實他們何嘗不曉得，貓兒那個不偷腥；那些話的意思，不過是要大家保持一個分寸，不要風流得太過火。但在越南當地，又是另一番景象，不僅那些在烽火中驚慌過度的鳥兒，幾乎都急切企盼著，有個健壯的男人給她保護；同時由於喪命疆場的男人太多，減少配對的對象，變得男不急女急。可是也不要以為每個女孩子都是那樣的；相反的，有些少女更能潔身自愛。那是她們見的太多了，許多來自世界各地的大兵，他們找女人的目的，極少是真心的找尋愛情，而是逢場作戲。使旅居異國的寂寞生活，暫時獲得一點慰籍。結果是男的一走了之，留下遍地怨婦與混血兒。

他結識的那個小女人，卻不像別的女人那般，急得抓個男人就是寶。她是一個華裔的女孩子，聰明、美麗、溫柔、驕傲得像一隻高站枝頭的鳳凰，把任何男人都看不在眼裡似的。周南卻沒被她那種女王般的冷峻嚇到；他就有那股子傻勁，愈是難以攀登的山峰，他愈要去征服她。就也用同樣的態度去對待她；當別人像哈巴狗，在她身邊轉著圈子搖尾巴時，他卻連眼睛都不向她斜一下。挺直的站著，以一種卓然的姿態昂著頭，好像他身邊沒有她這個人。於是她就對他就沒有皮調，心頭越氣，便越不理他；結果反被他那種什麼都不畏怯的力量征服，使他那局棋贏了一個大滿貫。

三

「哈哈！老周，又輸了吧？」林屏世得意的笑道。

「輸了？我看是你輸了。」周南有把握的說。

「我輸！看你這片棋怎麼個活法。」

「可是我已經殺了你這條龍。」

「殺了我這條大龍？你再仔細看一下，有沒有看到這個劫？哈哈！我現在是萬劫不應；只要殺到這一大片，你還有什麼好下的。」林屏世笑得更得意了。

「啊！這裡什麼時候出了一個劫？」

「棋是你下的，我怎麼曉得。」

「嗨！這是搞什麼鬼？明明贏定的棋，被這麼一個劫搞慘了。」他恨恨的敲敲腦袋。

「現在服不服了？」林屏世捉狹的笑道。

周南沒理他，兩手放到棋盤上用力一攪和，便把棋子攪亂了。真沒想到，好好的一盤棋，只因一著之失，造成了劫；又爭不過那個劫，就全盤皆輸。

劫！劫！他拿起杯子猛猛喝了一口茶，站起身來在地上沉重的踱著步，痛苦的搔搔頭。當劫來的時候，它好像在緊緊卡著人的脖子，使人喘不過氣來。而這個世界上，似乎越美好的事物，劫也特別多，也許那就叫做美招天妒。就像那個小女人，當年如果能躲過那場劫，他們的愛情就會美得冒泡；可是她沒躲過，老天！為什麼那樣好妒呢？為什麼要製造那麼多的劫？難道人類不該有真正的美滿嗎？

突然他心痛得渾身顫抖起來。

「噹！」他手裡的茶杯掉到地上了。

他望著破茶杯論愣在那兒，心卻被這聲音震得，驟然騰起來，又驟然落下去，一時駭得張著兩手不知所措。不就是那樣一聲巨大的震撼，把他那個美麗世界震碎。他記得很清楚，是在小女人懷孕沒有多久的一個夏天，他倆接受一對越南夫婦之邀，到他們鄉下的別墅裡渡假。那是一幢位於湄南河畔的木造小洋房，佔地不大，環境卻極幽靜，四周全是綠色森林跟草莽豐美的田野，一眼望去，盡是一片錦繡世界。並有一隻小船，可以盪舟河上，使他們這對終日在塵囂中勞碌的夫婦，如同置身世外桃源，感到塵慮全消。最令他們放心的，是那兒地廣人稀，河漢交錯，據說從來沒有戰爭在這兒發生。

那對友人夫婦也是結婚沒有多久，僅生一個小女孩，有一歲多的光景，長得靈秀可愛，討人喜歡，她跟周南夫婦見面不久就混熟了，並與周南特別有緣，在去別墅的時候，一路上都纏著要他抱。周南也高興跟她玩，覺得跟一個天真活潑的孩子逗逗趣，自己也會得到一種童心的真純。

一天過去，玩也玩累了，睡吧。

驟然他從黑暗中瘋狂的跳起來，是一陣隆隆的爆炸與震撼，把他從床上拋起來。接著那棟建造簡單的房舍，便像大海中的孤舟一般，隨著不斷的隆隆跟震顫，搖晃起來。他站都站不穩，那個小女人被震落地上，嚇得魂都沒有了，死命的抱緊他，嘶啞的哀號著叫道：

「周南！周南！怎麼辦？怎麼辦？」

「別怕！有我！」他一時找不出安慰她的話，只一面抱緊她，同時緊握著她的手。

可是在房屋的搖晃中，他聽到柱樑的折斷聲，聽到牆壁的倒塌，紛紛的灰塵跟瓦礫，從空中落下來。

這時隔壁的房間內，傳來哇啦哇啦的叫聲，不問可知是小女孩在哭。可是她的父母為什麼不哄哄她？讓她在這般時刻聲嘶力竭的大哭大叫。他便大聲的喊叫友人夫婦，要他們把孩子哄好。在吼了半天，仍不見有人答應時，一股不祥的感覺便泛起他的心頭。同時小女人對那孩子更十分關切，雖然自己嚇得發抖，還喃喃的為她祈禱，要老天睜眼看看，孩子是無辜的。

正好那時轟擊已經停止，小女孩的哭聲在黑夜裡，就更悲慘悽切，小女人便迫不及待的要他去看是怎麼回事。他亮起手電筒跌跌撞撞走出去，才看出那棟簡單可愛的別墅，整個垮了，有幾顆火箭穿過屋頂，在大廳內爆炸，把房子轟得只剩一個空架子；桌椅翻倒，遍地瓦礫，有的樑椽掉到地上，有的還一邊連著屋頂，斜吊在半空中，一道塌了的牆壁，恰恰壓在他們晚餐那張餐桌上，壓斷兩條桌腿；把上面所有的碗盤，全掀到地上打碎。友人那個房間的門也垮下來，裡面中了一發火箭，把屋頂穿了一個透明窟窿，把房內炸成一片稀亂。怎麼不見他們夫婦呢？再用手電筒朝床上一照，天哪！有大半個屋頂落在床上，兩人便被壓在那片屋頂底下。

嘶啞的哭叫猶不停的從床上傳出，周南費了很大的力氣，才把那大半個屋頂掀開，找到小女孩。她能夠幸運的躲過這場災難，是由於她母親把她擁在懷裡，用身體遮蓋著她，落下來的屋頂才沒砸到她身上。

隆隆隆的轟擊又起了，小女人也在驚慌的喊他。在那種情況下，他不論對小女人的安危關心到什麼程度，總得先把小女孩救出來。

啊！他突然本能的叫了一聲，又是一陣天搖地動的震撼，挾著一股灼熱，一團泥土，沒頭沒腦向他壓過來，把他掀到地上。孤舟真的翻了，四周全是咆哮的浪濤，滾滾的把他淹沒。他兩手緊緊抱著頭，保護著不讓沙石跟瓦礫，擊中要害部位。

當一切過去時，夜又靜下來。

虫豸又開始牠們的夏夜組曲。

他心愛的小女人呢？她那裡去了？她不是在他懷裡嗎？他為了保護她，還把她抱得緊緊的。可是，低頭一看，傻了，他手裡竟是一個小女孩。再一想：對呀！他為了救這個小女孩，把心愛的小女人留在他們還算安全的房間內，現在他們住的那個房間已經被大火吞噬得烈焰騰空。那小女人在烈焰中掙扎著逃命，他放下小女孩，不顧一切的前去救她。他們在相戀，相愛，結婚的時節，不知互相承諾過多少次誓約，生生死死永不分離。

又是一陣隆隆的爆炸，掀起的泥土把他拋出去好遠，埋在土堆裡面。

等他從土堆爬出來，眼前的景象一片蒼涼，一片空曠。小洋房倒在河裡，一半被水沖走。小女人也消失得無影無蹤。

找！到那裡找，夜是那樣的黑。

突然哇的一聲把周南驚的一愣，哦！是那個小女孩在哭。由於他把她放在一棵大樹下，有大樹擋著炮火炸起的塵土，才沒有被埋掉。周南慌不迭奔過去抱起小女孩，一面拍著說：

「乖！不哭！不哭！」

「乖！不哭！不哭！」

「乖！不哭！不哭！」

沒有用，他越拍，她哭的聲音越大。

猛然他想起來，她脖子上不是掛著一個塑膠奶嘴嗎？他在黑影中伸手一摸，仍在那裡。他顧不了手是否乾淨，只放在手上用力擦了擦，把沾在上面的泥土擦掉，接著就往她的小嘴裡一塞。怪了，哭聲停止了。還直往他懷裡鑽。

當他帶著小女孩離開那塊傷心之地時，她恐嚇過度的小眼睛，一直驚疑的望著他。是怕他會丟掉她嗎？他會嗎？絕不會！現在他覺得，在這個世界上，只有他兩個是最親近的。突然他激動的抱緊小女孩，喃喃的說：

「放心！孩子！我不會丟掉你的，我倆已經是相依為命了，我一定會盡力撫養你長大。」

於是他認領了她，取名周蕾蕾，把她帶回台灣。

四

那陣風是怎樣颳起的，他不曉得，也不願盤根揭底去追究；那會越追越糟，可是當那陣風掠過他們那條巷子的時候，卻令他十分煩惱。恨不得用手把那些風口堵住。那些人干卿底事？那樣無聊？雖然與誰都不相干；但那陣乍起的風，還是把一池寧靜春水吹縐了。

「你看這個小丫頭多漂亮。」到蕾蕾該上幼稚園的年齡，他帶她去報名，聽到兩個女人在一邊講話。他最高興別人稱讚蕾蕾美，他希望能把她養得，像一個小公主。

「漂亮有什麼用的，命苦。」另一個女人撇撇嘴。

「她的命怎麼會苦？周先生那樣有錢，把女兒寵得像個寶貝，我看早晚會把她寵壞了。」

突然講蕾蕾命苦那個女人，一轉身咬著先講話那個女人的耳朵，嘀咕了半天，把那女人嘀咕出一臉驚奇。

「真的？怎麼會呢？」

「怎麼不是真的，好多人都曉得。聽說她還是個越南小女孩，父母都死了，周先生就把她領養了。」

「可是周先生對她卻真好，許多人對自己親生的兒女，都沒有周先生對這丫頭那麼好。」

「面上好有什麼用，還不是做樣子給別人看，假的！不是自己親生的，到底隔一層。你看周先生那麼年輕，生意又做得那麼順，還怕他不再娶？有一天新人進了門，再生個小的，她就會變成一個眼中釘，有得她受的。」

「嗨！說的也是。」

當時他直覺的決定，搬家，離開那個是非之地就好了，就可以躲開那些風言風語。其實，他對怎樣處理蕾蕾的身世，心裡也充滿了矛盾，他希望蕾蕾那個世界永遠是美的，沒有絲毫缺陷。

所以他打越南返台後，就離開軍方，憑藉工程方面知識跟經驗，投身建築界；當環境改善後，就任何東西都給蕾蕾最好的、最美的，不使她感到一點欠缺。但另一方面，他卻不知道，是不是應該把蕾蕾的身世告訴她。並且他也曉得，這種事情就是想瞞，也瞞不了。何況在人類世界上，不論那個種族的子孫，他身體裡必然流著那個種族的血液；如果硬瞞著蕾蕾不讓她曉得真象，就像居心要腰斬她跟她祖先那種血肉相連的脈絡，不是太殘忍了！要是告訴她，什麼時候好呢？決不是現在，她太小了，嫩弱的心靈絕經不起那樣重的打擊。他還記得當初她失去父母時節的情形，她為了找父母，鬧了好長一段時間，才漸漸把保存在腦子裡的深刻形象忘掉，把他當做她真正的父親。如今再把它說出來，不是害她嗎？不知會給她的幼小心靈多大傷害。

那麼只有等她長大再講了，可是當她把她那個美麗世界建立得毫無瑕疵時，他又怎麼忍心一棒子把那個美麗的世界砸碎，豈不是害她一輩子。

五

「爸爸，我有件事情想問問你。」

「什麼事情？」

是蕾蕾讀高一那年一個晚上，周南在客廳看電視，蕾蕾走到他身邊，神態中帶著一種激動，用含著深不可測的悒鬱眼神望著他。當他抬眼看她時，一觸到那沉鬱的眼神，心頭便感到一震；她心裡埋的是什麼？是一顆就要爆炸的炸彈嗎？如果不是，又是什麼？怎會在她心頭像波浪一般的湧動？又如一股被壓住，想噴又噴不出來的火山，只不停鼓突鼓突的往上冒，非冒出來不可。

「我怕爸爸不肯告訴我。」她悒鬱的目光又在他身上轉了轉，裡面沉積著看不透的哀怨。

「我怎麼會不告訴你，只要我知道的，一定會講。」他拉拉她的手，要她在身旁坐下；並為了緩和那份緊張的空氣，故意笑著說：「什麼事情那樣緊張？快說給爸爸聽，是不是有了男朋友？要爸爸給你參謀參謀？」

「不是！」她用力搖搖頭。

「那又是什麼？」

「既然爸爸講過，只要你知道的，就會告訴我；那我就講了！」可是她說到這兒，卻不往下講下去，目光又落到他臉上，裡面那層積鬱驟然浮起來，變成一股波，在眼裡飛快的激盪。但轉瞬的工夫，那盪漾的波痕沉下了，才接著說下去：「我想問爸爸的，是想請爸爸告訴我，我到底是不是你親生的女兒？」

「啊！這個問題！」他像被當頭一棒子砸愣，他沒想到蕾蕾提出的，會是這個問題。她怎麼會這樣問呢？那就是她已經曉得了。可是這些年來，他為了不讓那些風言風語傳進蕾蕾耳朵，搬了好幾次家。原以為那股風再也不會吹到她身邊，那知它還是隨著飄過來。

謎被揭穿了，他倒不怎麼難過，多少年來，他不是老為該不該揭開這個謎底發愁嗎？那麼揭開也好，他不用再為它發愁了，也不用一再的搬家。可是像這樣一個重要的謎，如果自己能及早主動揭開，心裡便會很坦然，不存一絲不安或慚愧。但他沒及時揭開它，而被當事人不容分說的把它戳破；在感覺上，好像他存心不夠光明磊落似的。

「你說呢？」他把蕾蕾的手握緊。

「我說是你親生的。」她反而來了一記反打。

「那就何必多此一問。」

「因為我被同學們風言風語講得好煩哪，雖然我知道他們都是胡說，可是說多了，就不由你不起疑心；所以我才要證實一下，到底是真是假。」她像怕他會逃避似的，眼睛一直緊緊逼視著他。

「不對！」他十分肯定的說。他不想再隱瞞下去，決心說出來，壓在他心頭那塊石頭也就掀開了。

「那同學們講的，是真的了？」

「對的！他們講的是實話。」

「啊！爸爸！好可怕呀！怎麼會是這樣呢？我過去對你是我的親生爸爸，從來沒懷疑過。可是你為什麼不早早告訴我？為什麼要瞞我？到底怎麼回事？那我爸爸媽媽呢？他們現在在那裡？」她眼裡的淚水刷的一下子流下來，激動抓著他胳臂，用力搖撼著叫道。

「別傷心！蕾蕾，別那樣抱怨爸爸。」他把她摟在懷裡抱緊，替她拭著淚：「爸爸絕不是故意要瞞你，爸爸現在只問你兩句話，你這些年來快樂嗎？」

「當然快樂！」

「幸福嗎？」

「幸福！」

「那就成了，那就是爸爸為什麼沒早早告訴你的理由。」他把她從懷裡扶起，面對著她，眼裡溢著一片真誠與慈愛：「你想想看，如果我早就告訴你，你還會這樣快樂和幸福嗎？我想一定不會，一定會變成一個多愁善感的憂鬱女孩子，爸爸怎麼忍心哪？你知道這些年來，爸爸為了使你快樂、幸福，及把你造成一個高貴的淑女，操了多少心？請人教你彈鋼琴，讓你去學舞、繪畫；只要能變化你的氣質的，花多少錢都不在乎。目的是要你那個世界中，所有的東西都是美的，不讓一點醜陋的東西摻進來。懂嗎？這就是爸爸的用心，還不夠苦嗎？」

「可是……」她急不可待接著說。

「你先別講，我的話還沒講完。」他兩手抓住她的兩臂，讓她面對著他，兩眼也正視著她：「至於爸爸為什麼不早把你的身世告訴你，我自己捫著良心問，敢說絕對問心無愧。但也是我多少年來，感到痛苦跟矛盾的事情，在你小時候，我怕你太小，小小的心靈受不了那樣的打擊，想等你長大了再說。到了現在，我見你生活得那樣幸福，又那樣美麗快樂，更不忍心在你那完美無缺的世界中，去戳一個洞；那樣你就不會成為這般高貴大方的淑女了，一定會憂鬱得整天苦喪著臉，連一點笑容都沒有。」

「爸爸要這樣講，什麼時候才會告訴我，恐怕永遠都不會了。因為既然怕我傷心，那麼不論什麼時候講，我同樣都會傷心。」她一步不鬆的追著問。

「嗨！我也不曉得了。」他長長的嘆了口氣。嘴角痛苦的抽搐了一下：「也許要等你結了婚，有了孩子以後；那時候你被孩子磨得比較堅強，比較能經得起打擊。但我也不曉得，到了那時候，是不是真的敢講。不過我敢對你保證，就是你今天不問我，我早晚還是會講出來。這種事情不是想瞞就能瞞得住的，你總有一天會知道。」

「啊！爸爸！我錯怪了你，你的用心好苦啊。」

「我愛你嘛！孩子，我一直都把你當做自己的親生骨肉看待。你是知道的，這些年來，我不是沒有結婚的機會；我有錢，人也不算壞，要結婚是很容易的；可是為了你，我放棄很多機會。懂嗎？這就是我對你的態度，現在你已經長大了，也了解自己的身世；你諒解爸爸過去瞞你的苦心也罷，不諒解也罷，我都不會怪你的；但我愛你的心，是永遠都不會變的。現在我的話已經講完了，你還有什麼要問的？儘管說出來。」

「爸爸怎麼那樣講？我對你一直都十分敬愛，為有你這樣一個好爸爸而感到驕傲。現在我雖然知道我的身世，可是我對你的敬愛還是不會變的，還是像親爸爸一樣愛你。但我還有一句話要問，我親爸爸媽媽現在在那裡？」

「都死了！」他感慨的吐了口氣。

「死了？怎麼會死呢？」

「你想想看，要是不死，我還能把你搶過來嗎？」

「他們死在什麼地方？」

「死在越南。你知道嗎？你還是個越南的女孩子。」

「啊！越南？」她驚奇的瞪大了眼：「那是怎麼回事呀？我是越南女孩子，怎會到台灣來？」

「看樣子我要好好對你說一遍了。」

六

可是自從那天以後，蕾蕾的性情變了，好像一夜之間變得判若兩人。她的眉頭蹙起來，小臉上罩著一片陰暗的憂悒。而最顯著的，是對周南的態度。在過去，這個嬌憨天真的小妮子，最愛跟他開玩笑的撒嬌，像牛皮糖般偎在他懷裡扭來扭去，一會抓抓他的耳朵，一會扯扯他的鬍碴子，冷不防的在他臉上親一下；更愛沒理找理的跟他抬死槓，非把他抬輸了不可。現在完全不同了，她變得又聽話又懂事。要她做什麼，從不會推辭；更不會往他懷裡偎了。每天放學回家，便呆在自己房間裡；不到傭人喊她吃飯，是不會出來的。

周南是個警覺性很高的人，他的事業成功，就是由於他有靈敏的反應。但對蕾蕾，他並沒想那麼多，起初對她突然變文靜，以為是女孩子成長過程中的自然現象，沒什麼好怪的。漸漸的，他才發覺越來越不對，因為蕾蕾對他太有禮貌了；而那種過份的禮貌，使他在感覺上，似乎缺乏過去那種親密的親情，因而在父女的感情上，便出現距離。並且對他也比從前關心的多了，他的寒暖，他的睡眠；甚至多喝了一點酒，她都會很有分寸的，表達出做子女對長輩關懷；就由於那種恰如其分的關懷，才使他覺得那種情意，是虛的，假的、浮在表面的、不夠實在。就拿一杯牛奶來說吧！過去如果她給他沖來了，他要是不喝，她會拿起杯子送到他嘴上，硬逼著他喝，把牛奶撒到他身上都不管。如今她要是把牛奶沖來，會很禮貌的端到他面前放好，再說幾句很得體的話勸他喝；絕不會再端著杯子往他嘴裡灌，自然也不會撒到他身上。可是在他來說，他寧願她拿著杯子來灌他，把他衣服打濕；灌得父女兩人嘻嘻哈哈，感情才能真能連在一起。

為了重新煥發起蕾蕾歡樂的翅膀，展翼在愉快的世界中飛翔，周南想盡一切辦法，帶她出去旅行，買她喜歡的東西，吃她喜歡吃的館子，舉辦家庭舞會。但都沒發生效果，他仍經常見她一個人，孤獨的坐在房間窗口，望著天空出神。等她考取大學的時候，終於病倒了，在醫院裡住了一個多月。

新鮮的大學生活，使蕾蕾又恢復舊日的開朗。她身上像了塗一層釉彩，閃出艷艷的光。

於是她又展開快樂的翅膀開始飛翔。

飛向藍天。

飛向彩虹。

飛向枝頭採擷愛情，並由於她的嬌、媚、艷、香，他們那個寂寂的庭院也有了春天，經常聽到男孩子粗笨的笑聲。

七

當第一位男孩子魯莽的上門找蕾蕾時，周南便對那些野心勃勃的傢伙們留意了，但也僅在一邊不動聲色的靜靜的觀察，幫她招待客人，說些歡迎或經常來玩的場面話；然後退出局外，讓那群年輕人玩他們自己的，不表示任何意見。這年頭一見鍾情的愛情究竟太少了，多數青年男女到了一起，不過為了玩玩，如果玩對勁，就繼續交往下去；要是不對勁，就各走各的陽關道，誰也不欠誰的。所以現在的男女配對，就像篩沙石；雖一下子抓起一大把，卻不是個個都要，是用力往下篩，剩下最好最滿意的一個，才把他捉住；要是篩不到合適的，就再抓再篩。同時又有點亂碰亂撞，也許在碰厭了、累了、灰心了。不想再亂碰亂撞了，最後不論碰到一個什麼樣的，也就認命了。

蕾蕾不同，她是個眼睛長在頭頂上的女孩子，一般的男孩子，她都不看在眼裡；因而在指縫裡篩掉的男孩子也特別多，沒留下一個來。

儘管周南下決心不過問女兒的愛情，並知道管也管不了；但是說不管，卻又放心不下，每逢見到伴在蕾蕾身邊的，是一個很體面的男孩子，就會暗中替她高興；如果是一隻跛腳鴨子，就會禁不住皺眉頭，暗中感嘆蕾蕾怎麼那樣沒眼光。

時間就在蕾蕾篩篩撿撿中過去，她大學畢業了。

他覺得老那樣拖下去，也不是辦法。因而雖打心眼不想講話，也無法不表示出他的關切。

有一天他開玩笑的問蕾蕾：

「你挑了那麼久，有沒有選到個金蘋果呀？」

「什麼金蘋果啊？」

「那還要問嗎？」

「爸爸怎麼也講起這種話來？什麼金蘋果！銀蘋果！我什麼都不要。」她一本正經的搖搖頭。

「不要那樣講，蕾蕾。你已經大學畢業了，好好交一個男朋友才是正理；不能再像過去那般兒戲，交一個，甩一個，那要什麼時候才能找到一個合適的？」

「我根本沒想到那一層呢。爸爸。」

「你知道鳥兒該飛的時候，就得飛；該有窩的時候，就得有窩。那就是人，違反了這個道理，就有傷天道。」

「我不要，我現在什麼都不想。」

「為什麼不要？你是說真話？還是開玩笑？」

「那我問爸爸，你說鳥兒該飛的時候就得飛；如果我真的飛走了，留你一個人在家裡怎麼辦？」

「哈哈！你這問題，算是個什麼問題？世界上那有女兒為了怕父親孤獨，而不結婚的；也沒有做父親的，自私得為了怕孤獨，而不讓女兒結婚的。」

「爸爸又強詞奪理？」蕾蕾笑了。

「事實就是那樣子，女孩子長大了就得嫁人；嫁了人就得跟著丈夫走，誰也扭不過。你結了婚我怎麼辦？我還不是老樣子？吃飯、睡覺，照料公司的業務，找老朋友下下棋，日子還不是過得挺好？」

「那你回家怎麼辦？連個聊天的人都沒有。」

「我就睡覺啊。」他笑著說。

「你不怕把頭睡昏了？」她又笑起來：「就算你不怕好了，我還怕呢。也許我過去太小，不懂事，傷過你的心。但我現在想通了，你雖然不是我的親生爸爸，可是一手把我撫養大，就跟親爸爸一樣。總不能說，在我小時候，你對我做那麼大的犧牲，等我的翅膀硬了，馬上就飛得遠遠的，把你孤零零的撇在一邊不管。我不會的，爸爸，我不要那樣做，那我還算人嗎？」

「那你也該替我想想，我的女兒那麼大了，連個男朋友都沒有，心裡焦不焦急？」

「不要講了！爸爸，好煩哪！」

「你最近怎麼那樣容易煩呢？」

「說良心話，爸爸。」她又低迴一笑：「你以為我真不想交男朋友？可是到那裡找個合適的。」

「那就在我身上出氣呀？」他一笑的說。

「怎麼敢哪！來吧！爸爸！」她把手朝他一伸。

「那幹什麼？」

「打呀！」

八

「棒啊！蕾蕾。」

「棒什麼？爸爸。」

「我說你的眼光不賴啊。」

那是楊文達出現在他面前的時候，他頓然眼前一亮，連忙對蕾蕾一挑大姆指。那個小伙子，確是一表人材，有一副令人一見就具有好感的挺拔的身材，嘴巴會說善道，學歷也能跟蕾蕾匹配。服完兵役，就要去美國留學。

「爸爸沒見他那雙眼睛啊？」蕾蕾淡淡的說。

「怎麼？他的眼睛有毛病？」

「毛病倒沒有，要有毛病也不會像那樣了。我是說他的眼睛是長在火箭上，神的上天了。其實有什麼，不過他老子有幾個錢罷了，可以用鈔票搭座橋，送他到美國去。就自以為了不起啦，把別人都看扁了。」

「可是我跟他聊過幾句。」周南不同意的說：「他肚子裡還不是草包一個，沒有一點東西。」

「有東西也不能驕傲成那個模樣。」

「年輕人嘛，也難怪了；再加上肚子裡有點墨水，怎能不雄心萬丈。話再說回來，男孩子要沒有點雄心，將來還立什麼功，創什麼業。說不定他去美國呆幾年，就能混一個博士到手，就更不同了。如果你認為合適，就好好跟人家交，別把人家看得一錢不值；要是交的好了，你也辦手續，兩人一道去美國。」

「爸爸怎麼見到個男孩子，就把我扯在一起。」

「我覺得這個楊文達，真是很棒啊。」

「我不稀罕。」她把頭髮搖得飛起來。

他只有嘆口氣，不再講話，他知道感情的事，不能用硬的，要慢慢找機會往一起拉：等雙方的感情發生蜜糖般的粘性時，要分都分不開。

蕾蕾對楊文達雖沒意思，對他老是淡淡的；那小子倒沒打退堂鼓，一個禮拜總要跑到他家裡兩三次；每次來的時候，總大包小包提著禮物，有的給蕾蕾，有的給他，連幫他開門的傭人都有一份。在那種情形下，蕾蕾對他再冷，也無法把人家冰起來，免不了陪他聊聊天，到院子裡散散步。他便樂得在一邊暗笑，小妮子！你再冷冰冰吧，有一天你還是會被他的熱情融掉；你就會曉得父親的眼光錯不了。

那知過了一段時間，又有一個令他眼睛發亮的小伙子闖進他家裡。那人叫陳源，論人品、論學問、論能力，都不比楊文達差，英文更是呱呱叫，三十歲不到，便在一家大貿易公司做總經理，使那家公司的進出口業務直線上升。這一來，連他這個做父親的，都感到為難了，不知道勸女兒接受那一個好。偏偏那兩個傢伙，誰也不肯退讓，今兒他來，明兒他來。有時兩人還會碰到一起，像烏眼雞似的，有多大深仇大恨般，互相瞪著對方。後來兩人見在蕾蕾身上弄不出個結果，又競相對他下工夫，爭向他獻殷勤，一聲聲「伯父！伯父！」一個叫得比一個甜。

可是他有什麼法子，他對兩人雖都百分之百滿意；女兒看不順眼，他又不能把女兒綁起來送給誰。只有千方百計幫她張著網，讓她捉兔子。無奈小妮子就是那般拗，雖然那兩個小伙子引頸就戮般，等待那張網往身上落，她硬是不鬆手。

他一萬個沒想到，她會選上朱珩。也不是說那小子是什麼壞胚子，只是跟楊文達與陳源兩人比，還要差上一大截。可說人沒有人才，錢沒有錢財，在公家機關裡當一個小職員，克盡職守的做他份內的事。偏那麼邪門，小妮子不知看上他那一點，兩人認識沒有幾天，就漿糊裡調膠似的粘得分不開。他怎麼勸她，怎麼分析跟解釋，說他絕不是她的理想對象；然而小妮子就那樣死心眼，鑽進感情的牛角尖，死不回頭。他只有乾瞪眼，自己對自己嘆氣。要這樣說，他是一個見錢眼開的人嗎？絕不是，他相信他將來留給蕾蕾的錢，可以使她一輩子受用不盡。但站在做父親的立場，總希望女兒嫁個有出息的人，那樣不但她光彩，他也光彩。

嗨！蕾蕾！你怎麼會那樣胡塗？

可憐的蕾蕾！她這輩子完了，只能做個平凡女人。

難道她是被鬼迷住心竅？

九

嘎嘎嘎！林屏世用棋子敲著棋盤。

周南一驚的抬起頭，奇怪的望著說：

「你敲什麼？」

「我問你有沒有心思下棋？」

「我不是在下嗎？怎麼沒心思。」

「要是有心思，會下出這種狗屎棋。你看看！上面那一大片又被我吃掉了；我就不信，這種棋你會看不出來？一定又把心思飛到你那寶貝女兒身上了。」

「那一大片你也不見得吃得了。我這裡下一著，你怎麼下？還不是渡過去了。」

「那不又變成劫了。」

「有劫就好辦，你總得打贏這個劫才能吃掉。」

「這種來回劫還用打嗎？我說你今天心不在焉，你還不承認。好了！今天別下了！像你這種一面下棋，心卻跑到別處去了的下法，贏了你都不光彩。回去把心靜下來，過幾天再來，看我好好殺你兩盤。」

「別得著理，賣乖。」他也覺得老輸這種沒理由的棋，下下去也沒意思，一推棋盤站起來。

回到家裡，一直悒悒的不開心。家裡缺了蕾蕾這個人，就缺乏一股溫柔的氣氛，整幢房子都死寂寂的。雖然過去她在家裡時，多數的時間，都是靜靜的坐在自己的房內或客廳裡，不是看書，就是看電視，很少講話。但家裡有她這個人，氣氛便不同，好像會從她身上煥發出一種青春氣息，整幢房子便在那種氣息中，變得十分可愛有生氣。

他那樣戚戚、悒悒、冷冷、清清過了五六天，突然兩聲清脆聲音從院裡傳入他耳朵，使他立刻跳起來。

那是兩聲——爸爸！爸爸！

接著門吱呀的一聲開了，女兒跟女婿親熱的手攜手的走進來。他高興得連對女婿的不滿都忘了，馬上迎過去，無限關切的問蕾蕾：

「你們回來的這麼快？為什麼不多玩幾天？」

「要早早回來看爸爸呀。」蕾蕾嫣然的笑著說。

「哈哈！謝謝你們還沒有忘記我。」

「我們怎麼會忘記爸爸，你看朱珩特地給你帶的凍頂烏龍茶，是你一向最愛喝的。」

他這才發覺光顧跟女兒講話，把女婿冷落一邊；連忙把臉轉向朱珩，親切的對他說：

「謝謝你啊！朱珩。」

「謝什麼！爸爸，我們孝敬你還不是應該的。」蕾蕾拉拉他，又對他嬌媚的一笑。

當大家在沙發上坐下後，由於朱珩是一個不善辭令的人，便默默的坐在一邊不講話，只在周南問他時，才唯謹唯慎的回答幾句；因而益顯出他的平凡。於是隱在周南心頭那股不滿，又打心底湧起來，蕾蕾要是嫁了楊文達或陳源，情形將完全不同，今天這個場面一定十分熱鬧；女婿也不會像個死人一般坐在那裡，而會談笑風生；他更會為他們感到驕傲跟高興，想到這兒時，他也沉默了。

蕾蕾很快就覺察到父親的態度，並明白是什麼緣故。但她不能當著朱珩的面，把父親的秘密揭穿，一時心事重重的，不知怎麼辦才好，想了大半天，就決心跟父親把話講明白。待吃過晚餐後，她才得到一個跟父親單獨相處的機會，便溫柔的問父親：

「爸爸，你今天好像不高興似的？」

「沒有啊，你們回來了，我怎麼會不高興？」

「爸爸騙我，我看得出來。」

「不要再講好不好，蕾蕾。我說沒有不高興，就不會不高興。」他不耐煩的皺皺眉。

「你越這樣說，就越證明你不高興。」她固執的問下去：「我也知道你為什麼會突然變成那樣子，本來這話我不想說，認為時間久了，一切自然會變。可是現在我覺得，還是應該說了好。因為把話講清楚了，總比悶在心裡好，免得老是感到煩惱。爸爸，你老實的告訴女兒，你突然變得悶悶的原因，是不是還是對朱珩不欣賞？」

「怎麼會呢？蕾蕾。雖然在婚前我勸過你，現在你結都結婚了，我還有什麼好不滿意的。」

「不！爸爸！你一定要說實話。」她抓著父親的臂用力搖著：「我不願意你老是悶在心裡，到底是不是嗎？告訴女兒嘛！一定是！對不對？」

「你既然非逼著我說，我就說好了。」他艱難的嘆了口氣：「我始終不了解的，蕾蕾。你為什麼會選朱珩？而不在楊文達跟陳源兩人中間選一個？」

「為我自己，也為爸爸。」

「這話怎麼說？」

「那我就從爸爸最欣賞的一個人，楊文達開始講好了！他現在已經去了美國，畢業以後肯不肯回國，誰也不會曉得。如果我嫁給楊文達，你說我該怎麼辦？別說我還看不慣他那種神里神氣的樣子；就算看得慣，我是隨他去美國呢？還是留在台灣陪你？如果陪他去了美國，把你一個人孤單單的留在台灣，我能放心嗎？」

「我不是跟你講過多少次，不要管我！不要管我！到底記住了沒有？只要你們幸福快樂就好。我已經是一個糟老頭子，好不好沒有關係。」

「話不是那樣講的，爸爸。你可以為女兒的快樂幸福著想，女兒就不該為你的快樂幸福著想嗎？那太不公平了。你以為把女兒撫養大了，再讓她嫁一個有錢有出息的丈夫，女兒就一定會幸福嗎？可是你有沒有想到？女兒如果一結婚，就自顧的走了，女兒的良心會安嗎？要是時時刻刻掛著你，覺得對你有虧欠，我想一輩子都不會快樂。」

「那你們結了婚，你留在台灣也可以呀，等文達修到博士學位，再回台灣來服務，不也很好嗎？」他說雖那麼說，但在理上被蕾蕾佔了優勢，聲音便小的多了。

「問題的關鍵就在這裡，因為許多事情，不會像想象的那樣簡單，我在報紙跟雜誌上見多了，不知多少原本很幸福的家庭，男人到了國外後，馬上就變了心。爸爸認為楊文達的條件那樣好，值得女孩子愛他；別的女孩子也不是看不到。萬一楊文達也那樣，你說我怎麼辦？跑去跟他鬧？已經晚了；不然就是離婚，那當初又何必硬嫁給他。你跟林伯伯他們下圍棋，不是常常為一個劫，爭得死去活來嗎？爭不過的就輸棋。那麼楊文達要是變了心，使他變心的那個女人就是一顆『劫』，我一定爭不過她，那就是輸。可是棋可以輸，愛情卻不能輸呀。」

「算你講的有道理，再說下去吧，陳源呢？是不是也有問題？」他對蕾蕾的說法不能不點頭，但也不願自己的想法完全垮下去，總要找點東西撐住。

「陳源的問題更不同了，可說我寧可不結婚，都不會嫁他。他是一家貿易公司的總經理，跟他熟悉的人，誰不知道他整天都在花天酒地的應酬，舞女酒家女不知認識多少；他們的生意那麼賺錢，據說就是靠那種方式搶訂單。我想我這樣一說，爸爸可能比我更清楚，我們兩個貿易公司裡每年花在這方面的錢，也不是一個少數，幸虧有專人負責帶客戶往那種地方跑，好像還發生過家庭糾紛。我能忍受一個整天跟壞女人在一道混的人嗎？去嫁給他。」

「好了！好了！前面的都算你有理。你再說說看，朱珩又有什麼好？你愛的是他那一點？」

「因為他沒有使我不放心的地方啊，他人老實，又很平凡，實實在在的，不就很好嗎？我也跟爸爸坦白的說，我從來就沒希望爸爸給我多少錢，過多麼富裕的生活；只希望兩人好好的做事，賺的錢夠用；又能跟你在一起，不使你感到孤單，平平靜靜恩恩愛愛的過日子就好，就會快樂幸福。難道非要嫁一個怎麼了不起的人物，時常東飛西飛的，抓又抓不住，老是替他耽心，又替自己耽心，日子也不見得怎樣好過？再說愛情幸不幸福，只是一種感覺，感覺幸福就是幸福；要是老為先生牽腸掛懷，會感到幸福嗎？」

「沒想到你現在那樣明理，蕾蕾。」他感動的把她擁在懷裡。她的話完全對啊，女孩子要求的，就是實實在在的愛情，不打一點折扣。而他過去希望的，只是為了自己的面子，只要女兒能嫁個很體面的男孩子，就是好的，他就會感到光彩；而把女兒的幸福擱到一邊去。

「那爸爸諒解我了？」

「你真是個好女兒，蕾蕾。」

「那朱珩是不是個好女婿呢？」

「是啊！真是好極了。我聰明的好女兒親自選的女婿，還不是像金子那樣好。」他高興的笑著說。

「謝謝爸爸把朱珩講得那樣好。」

「照你這樣說，蕾蕾。你又打了我一個『劫』，我又沒爭過這個『劫』，輸了這盤棋。」

「如果我嫁的是楊文達或陳源，一出毛病，輸棋的就會是我。因為他們不論弄個野女人，或舞女酒家女來跟我打『劫』，我一定爭不過她們，爸爸說是不是？」

「對對！你講的有理，蕾蕾。不過這盤棋我輸了，我還是很高興，也輸得沒有話講。」

「事實輸的不是爸爸，是楊文達跟陳源。」

「那怎麼個講法？」

「你想想就明白了。」

到臺北去

一

那一行疏疏的竹林沿著茶園外面的小徑蜿蜒過去，映著對面那片油綠的茶田與遠處巒嶂重疊的青峰，宛如一幅俏麗的翠屏。當斜陽把翠影移到老屋的房角時候，朱阿媽便停止整理行裝，拿著一碗剩飯到門口餵雞。

就在這時候，從翠屏後面走出一個亭亭的俏影，笑吟吟的白皙臉龐，彷彿迎著陽光舒展的花瓣兒。那姿態，像煞一朵高挑枝頭隨風搖曳的百合。

這時斜陽把天空鍍上一層燦燦的光。

翠屏上浮起一抹滴溜溜的紅彩。

朱阿媽抓了一大把米飯撒到地上，引得那群像絨毬兒的小雞，滾的一般跑到她腳邊。

俏影一霎眼就到了老屋前面，是一個穿了件白底藍花紋洋裝的清清爽爽女郎，笑吟吟的臉蛋兒，老遠便迎著朱阿媽閈得像春天的花朵。她在翠屏的角上站住，看著那群吱吱喳喳在地上啄食的圓毬兒；手裡提著一個塑膠袋，裡面滿滿裝了一袋橘子。斜陽從翠屏後面透過來，斜照在她蓬鬆的長髮上，笑吟吟的花朵好艷啊。

「阿媽不是要到臺北嗎？還沒走啊？」花朵竟然響出了聲音。

「那裡走得了啊，秀枝。你看這些小東西，沒有處置完，怎麼能夠動身。」朱阿媽指指地上的小雞，把碗裡的米飯一下子倒到地上。

「不是要賣嗎？」

「是要賣呀，可是誰要呢。」

「賣給我好了。」秀枝彎下腰捉住一隻小雞，撫摸著牠白裡帶黃的絨毛，笑吟吟的花朵上爆出一層喜悅的光：「這些小雞好可愛呀，我來養牠。」

「噯喲！我的秀枝。」朱阿媽那張滿是皺紋的臉上，颭過一陣柔柔的春風，笑著拍拍秀枝：「你說得多好聽：你一個月賺好幾千塊錢，還會來養雞。只有我這種沒有用的老骨頭，才會做這種無聊的事情。」

「我不上班的時候就自己養；上班的時候就請我媽媽幫我餵牠們，不就沒有問題了？」秀枝把捉在手裡那隻小雞放開，同時站起來。

「你媽現在那麼忙，才沒空幫你養哩。」

「她自己還不是養了很多。」

「你養小雞做什麼？秀枝。」

「好玩嘛。」

「是不是想賺錢置嫁粧。」

「阿媽又拿我開玩笑。」

「說的也是，現在一隻雞能值多少錢。你的嫁粧可能早就有了，你賺那麼多錢。」

「別說這些嘛，阿媽。我知道不是沒有人買你的小雞，是你捨不得賣牠們。」

一句話說到朱阿媽的心坎裡，缺了門牙的嘴咧開：「誰說不是的，養了那麼久，把牠們賣給人家，我真捨不得。你真要養，秀枝，我就送你了。」

「我也是說著玩，阿媽。我那有時間養。」

「是嘛，我就曉得你不會養。別說你沒有時間；就是有時間，也不會養這些東西。聽說你已經有了男朋友，真的嗎？快結婚了吧？」

「還早哩。」

「結婚時可要請我喝杯喜酒呀。」

「真的還早啊。」

「我說秀枝，你可別嫌朱阿媽嚕囌，我說的是真話。你的年紀也不小啦，也該結婚了。前些日子我聽說，人家給你介紹個男朋友，挺不錯的。能結婚就早早結，不要再拖了。你爸媽也了掉一樁心事。」

花瓣兒顫動一下，煥發出一片艷光：「結婚時候，當然會請阿媽吃喜酒。」

「那我就等著你的喜酒了。說真的，秀枝，你真是一個好孩子，誰要討到你真是福氣。記得我們當初是鄰居的時候，你跟正雄天天都在一道玩；人家還說你跟正雄是天生一對呢。自從正雄去了臺北，你們也蓋了新房子，搬了家，你出挑得比小時候更漂亮了。婚姻就是緣分，你跟正雄無緣，所以他沒有這份福氣。」

高挑枝頭的花朵好像被淋了一陣雨，頓時失去豔光。吟吟的笑容突然收斂成一片悽然。

「我要回家了，阿媽。」

「聽我的話，秀枝。要結婚就早點結。男孩子都像是蜜蜂。你那麼漂亮，那有見花不採的。」

「我回家了，阿媽。」可是秀枝轉過身時，從塑膠袋裡拿出一個大橘子：「喏，這個橘子給你吃。」

「不要了，秀枝。你帶回家給阿爹阿媽吃。」

「我買了很多。」秀枝把手裡的塑膠袋亮了一下。

「謝謝你了。」

二

俏影又沿著翠屏向前移去，從天邊照過來那抹滴溜溜的紅彩，映到款款身影上，俏影彷彿進入畫裡。

朱阿媽剝開手裡的橘子，撕了一瓣送進口裡。哦！好多的水，好甜。於是抬頭看看走遠的俏影，她已經越過那道翠屏，折向一片綠油油的茶園，朝著一幢新砌的樓房走去。朱阿媽真羨慕秀枝家裡有那樣一幢新房子，全家人都住在裡面，又寬敞，又舒適。她又把橘子撕下一瓣放到口裡慢慢嚼著，她聞到茶園飄過來的芬芳。

在對面的茶田中，有一個人慢慢走來，身上背著一個噴霧器，不勝負荷似的把身體壓得佝僂著。朱阿媽認出來是她的老伴朱進財，他下午到茶園裡噴殺蟲劑；現在天黑了，收工回家了。這時她突然耽心起來，不知茶園全部噴過殺蟲劑沒有。噴霧器是很重的，他那麼大的年紀了；是否能背得動？看他走路那個樣子，一定很吃力。

朱阿媽把橘子留下一半給老伴吃，幾十年來，他們的愛情都像糖一般甜蜜，互相關懷，互相照應，有好吃的兩人吃，有困難兩人擔當。如同一對同命鴛鴦，多大的風暴都拆散不了他們。在過去，每當朱進財下田時候，她多半會去陪他，幫他整理茶樹，做些零零碎碎的事情。她今天沒去陪他，是因為她在忙著整理去臺北的行裝，兒子生了個女兒，她要去幫他們看孩子。她多麼希望老伴也能到臺北去，兩人都住在兒子家裡，仍可朝夕都不分開，什麼事情也有個照應。無奈老伴執意不肯去，他不願撇下祖宗留下來的基業不管，撂下安靜清閑的生活不過，跑到人車喧鬧的都市，住在鴿子籠般的房子裡；覺得那會悶得他受不了。他住慣了鄉村，也喜歡鄉下那種淳樸自然的寧靜生活。他們那間老屋，雖然年代已經很久了，卻仍然十分結實。只要一打開門，就置身一個開朗寬闊的世界。遠處的青山依依，綠竹成林，樹木在微風中搖曳。無邊的茶坪鋪展成一片悅目的青翠，稻田湧著層層的綠浪。景色美得像一幅畫；他們就是生活在畫裡的人家。

再說一句老實話，老伴不去臺北也好，去了也沒有地方住。兒子買的那幢房子也實在太小，大小統共只有兩個房間和一個小客廳。他們小兩口住了那間大的；另外的那一間，擺一張單人床，一張孩子的小床，餘下的地方連身都轉不過來。老伴去了怎麼辦？讓他跟她擠那張單人床；在家睡慣大床大被的人，一定不會習慣。那麼他睡那兒才好呢？難道要他到客廳裡打地鋪？他或許早已經發現這個困難，才會固執的對兒子說：

「正雄。你媽給你們去看孩子就好了，我不要去。」

「阿爸也到臺北來，全家人住在一起多好。」

「你是知道的，正雄。我這個人一輩子都是住在鄉下的；我過慣這種鄉下生活，到臺北我住不慣。」

「可是住在臺北，什麼事情都比鄉下方便。」

「這只是就某一方面說。要說出門散散步，鄉下可比臺北方便的多；要往那裡走，就往那裡走，不怕沒有地方去。到臺北我就沒法子了，老是迷路，在街上轉幾個圈，就不知道東南西北了。你要我去臺北，不是要我去受罪？」

「你一人在鄉下，我們都在臺北。你一定會感到孤單；再說我們想孝順你，都不能孝順。」

「你們有這份心就好了。」兒子孝不孝順，老伴跟她都不曉得，只不願用不孝順的大帽子去壓兒子：「因為我越想，就覺得越不能到臺北去住。我們的基業在鄉下，我覺得留在鄉下看家，看我們的田地最要緊，我不能丟下祖宗的基業不管。你知道嗎？正雄。我們不是臺北人，儘管你在那裡有工作，也有房子，你還是浮在那裡的，紮不下根。我們在這裡是大家大族，有的是田地。可是你那幢房子在臺北像什麼？夾在那麼多的高樓中間，看都看不到。這些且不管它了！我問你，要是全家都搬去，祖宗牌位放在什麼地方？」

「那我們為什麼不把……」

兒子的話說了一半便不說了，她卻明白兒子的意思是什麼。兒子一直都希望老伴能拆變一點田產，到臺北買一幢大房子，住得寬敞一點。但他知道父親不會同意，所以才試探的把話說了一半。如果父親的口風活動一點，就可以趁機進行說服，否則，免得自討沒趣。

要說一所寬敞房子，朱阿媽何嘗不希望她家也能蓋一幢新房子。固然老屋也很好，住著也不擠，夏天時節還特別涼快；無奈年代久了，就覺得有點陰。並且他們這幾年為了蓋一幢新房子，一直在省吃儉用的存錢。因為兒子大了，也該結婚；他們打算在兒子結婚前把房子蓋好。什麼東西都是新的，也圖個吉利。

兒子結婚了，房子也沒蓋成。那是因為正雄要在臺北買房子，結婚後住在臺北。他們只有把攢了十幾年，才積下的三十萬塊錢，全部拿給兒子，好讓他小兩口在臺北築一個窩。沒能在自己的茶園旁邊，蓋一幢房子。這對老兩口來說，雖然事與願違。但兒子能結婚總是好的，早早抱孫子也是一樁安慰。可是沒想到三十萬塊錢在臺北竟買幢那麼小的房子，夾在那麼多的高樓中間，上不見天日，下沒有院落；住在裡面氣都透不過來。當初要用那麼多錢在茶園旁邊蓋一幢樓房，一家人都住不完，論氣派或大小，都不會比秀枝家裡那幢房子差。

秀枝真是個好孩子，誰能討到她真是福氣。

朱阿媽又向秀枝家的方向看去，秀枝的影子已在那一抹綠中消失，那幢樓房好高呀。

三

還在沒有多久以前，朱阿媽曾經一直相信，兒子是有討秀枝做媳婦的福氣。大家都認為這對在一道長大的小兒女，他們早已經靈犀相通了。

不是嗎？正雄和秀枝這對青梅竹馬的伴侶，從小是在手拉手的親密中長大。那時候他們毗鄰而居，秀枝的家就在他們的隔壁，也是一幢同樣古老的房子；如今他們雖已經搬家，但老屋猶在，只是用來放一些雜七雜八的東西。此時她看到秀枝家裡那幢老屋跟屋前那個空蕩蕩的大院子，便彷彿看到兩人小時候，在院裡玩家家酒那種情景。那時候他們真是一對分不開的伴侶，早晨一道上學，放了學，一道回家。放下書包便到院子裡捉迷藏，玩家家酒，跳橡皮筋。就是到茶園裡採茶，也是一道的。當然兩人也有爭吵的時候，在吵架的當時，並且會賭咒發誓的永遠不理對方；可是過了沒有一會兒，兩人又在一起嘻嘻哈哈有說有笑了。有時大人們被他倆吵得暈頭轉向，便說他們是一對小冤家。對嘛！不是冤家不聚頭。他們卻不懂大人的話意，只傻傻的傻笑。

那時節朱阿媽就發覺秀枝的心地善良，她愛任何的小動物。記得有一次她有一隻小雞在馬路上被汽車壓死，秀枝守著牠哭個不止，傷心得連飯都不肯吃，她父母都拿她沒辦法。還是正雄到她家裡七勸八勸，才使她破涕為笑。由正雄拿著一把鋤頭，在她家院子角上挖了個坑，把小雞葬了，並埋起一個小墳堆。然後兩人不知從那兒弄來一株芭樂樹苗，栽在墳堆旁邊。於是兩人每天放學後，又有事情可做了，整天忙著給樹苗澆水施肥，盼望果樹能早早長大，早早開花結果。

當時朱阿媽曾經開玩笑的問他倆：

「你們栽芭樂做什麼？」

「長大了結果好吃嘛。」秀枝很天真的回答。

「你們只栽這麼一棵樹，將來結了果子怎麼個分法，要分不清，又要吵架了。」

「我們才不會吵架哩。」

「我看準會吵架。」

「我們早就講過了，這棵樹是我們兩人的，將來結了果子，也是我們兩人的，根本不用分。」秀枝說著又對正雄鄭重其事的講：「對不對？正雄，我們不要分，也不會吵架，將來什麼東西，都是我們兩人的。」

正雄還愣頭愣腦的，只曉得在一邊傻笑，秀枝說一句，他就跟著點一下頭。

現在這株芭樂果樹已經枝葉婆娑，結實纍纍了。由於正雄去了臺北，秀枝也搬了家，沒有人照應它。因此它結實雖多，卻都乾乾癟癟的，隨風飄落地上。如果他們看到了，又是什麼感覺呢？一份不論如何珍貴的愛情，不能善自珍惜，仍會枯萎的。

這段姻緣沒有結成的原因，錯誤在誰呢？好像誰也沒有錯，只是陰差陽錯的錯過機會；也許是兩人沒有緣分。有一次正雄跟同學去角板山玩，不慎跌傷腿。秀枝聽到消息，迫不及待的趕到醫院去看他，心痛得眼都哭得腫腫的。見到朱阿媽時，還難為情的把臉轉到一邊。

那時候他倆都已經很大了，正雄在讀高中，秀枝考進一所商業學校。雖然已經不在同一個學校讀書，兩人仍是形影不離的。尤其正雄臥病那段時間，秀枝幾乎每天一回家，就急急來看他。兩人到了一起，就有絮絮叨叨講不完的話；有時候還偷偷摸摸帶東西給正雄吃，水果啦、點心啦，正雄的傷勢也就好得很快。特別是那陣子正是農忙季節，她每天都得跟朱進財到茶園工作，不能好好的照應正雄。可是正雄身邊有些像手帕之類的小東西，都會洗得乾乾淨淨的，晾在屋子裡。是誰洗的呢？是正雄自己洗的嗎？他的行動還是十分困難啊。

有一次她收工回家，見正雄有兩條髒手帕和一條毛巾放在床頭邊。她過去拿起來，準備到外面給他洗，可是正雄一把就把那些東西搶回去。

「媽！你做工辛苦了，快休息休息吧。這些小東西不用你洗，我自己會洗的。」

「你的傷還沒好，不要亂動。」

「洗洗這些小東西沒有關係。」

「告訴你，正雄。以後不要亂動，只給我靜靜的養病就好了。這些東西我會給你洗。」

「可是你那麼累。」

「只要你的傷能早早好，就什麼都好。」

「媽！」正雄看看她，吞吐了半天才說出來：「其實也不是我自己洗，你看我這個樣子，動都不能動，怎麼能洗？都是秀枝給我洗的。」

「什麼？秀枝給你洗的？你怎麼可以找她洗。人家還是個大姑娘，怎麼能幫你洗這些東西。」

「她自己願意幫我洗嘛。」

「那不成，你以後不要再找她幫你洗這些東西。我再怎麼累，還是可以幫忙收拾的。」

「那有什麼關係，我倆那麼好。」

她嘆口氣，她說什麼好呢？秀枝跟他好，心甘情願的給他洗，她能硬是不准嗎？不過秀枝這種心情她是十分了解的，當一個女孩子的感情到達執著地步，一件本來是非常辛苦的工作，她也會感到快樂。回想她當初快要跟朱進財結婚時候，雖然那時節社會風氣相當閉塞；不像如今這般開放；未婚的夫妻不可以天天見面，親熱的走在一起。所以她跟朱進財儘管訂了婚，也只是兩地相思，連一面都見不到。可是當時的風氣，流行未婚妻在出嫁時，給未婚夫做鞋子；要懶一點的女孩子，做一雙兩雙應應景也就算了。她卻給朱進財做了七八雙，每一雙都是真心真意做，一針針、一線線，把多少甜情蜜意縫了進去。並且沒感到一點辛苦，反而在穿針引線中，得到無限安慰和快樂。

她思量一會後，又對正雄說：

「你倆好是好，叫人家做這些事總是不妥當。」

「我說沒有關係就沒有關係，秀枝又不是別人。並且也不是我要她做，是她自己願意做。」

她也曾考慮過一陣子，要不要雙方家長當面講明，給兩人訂婚算了。那麼秀枝願意來照應正雄，願意給正雄洗衣服什麼的，就隨她去；她也落個清閑。可是當時覺得，說那句話不過是一個形式，沒有人會反對。那又何必多此一舉呢，讓水到渠成不是很好嗎？

於是那句話便拖著沒有說出來。

四

兒子結婚了，新娘不是秀枝。

朱阿媽對這樁婚姻雖沒有感到意外，內心卻覺得十分遺憾。因為正雄的事情，照他們老兩口的想法，秀枝篤定要做新娘的。甚至秀枝家裡的人，也把正雄當做準姑爺看待；街坊鄰居也認為這兩個年輕人，是天造地設的一對，大家都瞪著眼睛等吃他們的喜酒。沒想到正雄到臺北住了兩年，就發生這麼大的變化；早知道會發生這種變化，當初就不該讓他到臺北去工作。可是換句話說，不讓正雄去臺北行嗎？一個年輕人要到外面闖天下，不但不應該限制，反而應當鼓勵才是，不是嗎？人要創業，就要到大地方去開開眼界，才能有發展的機會。那裡會料到正雄去臺北，事業沒闖出一點影子，便被那兒的花花世界，迷惑得失去方向，對青梅竹馬的伴侶變了心。所以當正雄說他愛上另外一個女孩子時，她驚訝的一時呆在那兒。會有這種事情？這是真的嗎？怎麼會不是真的呢？正雄就坐在她的對面，在嚕嚕囌囌說那個女孩子如何好，如何的愛他。那些話她一句也聽不進耳朵，她早就認定秀枝將來是她的兒媳婦，更認為秀枝是世界上最可愛的女孩子。她人長得秀氣，心地好，性情溫柔，又十分能幹。雖然她在一家公司當會計；卻不像一般的女孩子，除了辦公外，家事一點都不會做。秀枝是樣樣都行的，不論縫衣服、做飯、做菜、手藝都十分高明。因此在她心目中，兒子的對象除了秀枝外，她無法再容納別的女孩子。如今正雄另弄一個女孩子代替秀枝，那怎麼成？她堅決反對，無論如何不能答應。並且大家都是鄰居，早晚都會見面，兒子變了心，無緣無故把一個人見人誇的女孩子甩掉。叫她怎麼好意思見秀枝的父母，又如何向秀枝交待。

她鄭重其事的向兒子提出警告：

「你千萬不能那樣做，正雄。大家都是鄰居，你跟秀枝又從小就是一對兒，街上的人誰不知道？你無緣無故就不理人家了，別人不罵你無情無義才怪哩。再說秀枝是個多麼好的女孩子，你再到那兒去找這樣好的人？所以你一定不能再三心二意了，不論那個女孩子怎麼好，我跟你爸爸都不會答應。我們朱家在這兒也是有名望的，你怎麼可以做出這種忘恩負義的事？」

當時正雄一句話都沒爭辯，她以為這件事就過去了。正雄到底是個好孩子，從小就聽話。雖然到臺北以後，性情變得有點浮，終究未脫農村的淳樸。

一萬個沒想到，下個星期天，正雄會把美惠從臺北帶到家裡來。引起全村人紛紛議論。秀枝的母親並緊張的到他們家裡探視；雖然口頭上是說來串門子；但是為什麼，大家都心裡有數。面對著這位老鄰居，她尷尬的不得了。

當然美惠也是一個很好的女孩子，要跟秀枝比起來，她仍然喜歡秀枝。因為秀枝那種清清爽爽的秀氣，有一種純潔自然的樸素。美惠是太艷了，映著一種用胭脂塗抹出來的光彩，乍然一看就覺得艷光照人。

正雄給她介紹時，竟開門見山的說：

「這是媽，美惠，你也應該喊媽。」

「你好？媽媽。」美惠的態度很溫順。

她幾乎被這突如其來的情況弄呆了，一時不知道是答應美惠這種稱呼好，還是不答應好？如果她接受了喊媽媽的稱呼，不就等於認定美惠可以做她的兒媳婦。不能答應，她決不能承認這個事實。

她仍很客氣的對客人說：

「你請坐，美惠小姐，歡迎你到我們家玩。」

「媽！我是特地帶她來看你的。」

「謝謝你，美惠小姐。」

「媽對美惠還那麼客氣，她以後就是我們家的人了。她來家裡看你是應該的。」

她狠狠瞪了兒子一眼：「不要亂開玩笑，正雄。你別生氣呀，美惠小姐，正雄的嘴巴就這樣沒有遮攔。對了！正雄！」她裝著突然間想起什麼重要事情似的，轉彎抹角把談話扯到另一個女孩子身上：「你回來正好，秀枝準備給你打一件毛衣，要你去量量身材。」

「她幹嘛要給我打毛衣？」

「傻瓜！還不是一份心意，你倆那麼好，她給你打件毛衣還不應該嗎？你可別見笑呀，美惠小姐。正雄有時就這麼笨，連人家這種心意都體驗不出來。」

她看出美惠的臉色變紅，很激動。然後冷笑道：

「你就快去量吧，別讓人家焦急，我也要走了。」

「不多坐一會嗎？美惠小姐。」

「謝謝你，伯母。我回臺北還有事情。」

「那我就不留你了，多謝你來看我呀。」

「美惠！你別走。」正雄十分激動的說：「你別聽媽的話，根本沒有這麼回事。」

「不管有沒有這麼回事，我發覺我不該來。」

「我們必須把這件事情弄清楚，那與我無關。媽！秀枝什麼時候說過這個話？到底是什麼意思？她愛給誰打毛衣，就給誰打，我不接受她這份好意。」

她正在考慮如何回答正雄的話，美惠卻又開腔了：

「我也不管你接不接受別人的好意，那是你的事。反正我是要走了。再見了！朱正雄。」

「你聽我說嘛！美惠。」

「還有什麼好說的。」美惠表現得十分堅決，她的話一說完，便像風一般衝了出去。

正雄也跟著追出去，大聲的叫著：

「美惠！美惠！」

她聽見正雄的聲音越追越遠，最後竟在耳畔消失。她心頭突然對美惠泛起一股歉意，覺得非常對不起這位可愛的少女，不該用挑撥的方式傷害她。但為了正雄好，為了使他能娶到秀枝那樣的好媳婦，她不得不這樣做。不是嗎？正雄還年輕，像一匹沒韁的野馬似的；只有秀枝這般的溫柔孩子，才栓得住他。再說他們老兩口的年紀也大了，秀枝一定會對他們十分孝順。有了她，他們就什麼事情都不用愁了。

五

正準備託媒人正式向秀枝的父母提親時，卻從秀枝母親口裡，輕輕飄過一句話來：秀枝已經有了男朋友。

朱阿媽心頭一涼，覺得好空啊。

是誰？朱阿媽暗自思量，沒聽說秀枝跟男孩子交往呀。除了正雄，她過去很少跟別的男孩子一道玩。

朱阿媽留心的觀察，看秀枝的行動跟平常有什麼兩樣。沒有啊！她仍像過去那般文文靜靜，下了班就回家，幫她母親做一些家事，生活上看不出一點改變。每逢見到朱阿媽，還故意做出一副灑脫狀。

灑脫歸灑脫，卻不像過去那樣跟她有說有笑了。她總那麼靜靜的，靜得有些沉鬱。

朱阿媽敢確定秀枝沒有男朋友。要有，她才不會這般靜。有了愛情的女孩子，生活中都有一種光彩。決不會整天靜靜的呆在家裡；她會活潑得像蝴蝶，快樂而自由的愉快飛翔，釀造愛情的甜美蜜汁。

那秀枝的母親為什麼說她已經有了男朋友呢？朱阿媽明白過來，那是一種抗議，向正雄的報復。

那她怎麼辦呢？還找媒人去說嗎？

要碰個釘子怎麼辦？她猜秀枝的母親，一定會給他們釘子碰。這情形要是發生在她身上，她女兒的男朋友如果變了心，後來又厚著臉皮來講好話，她也會給他一點臉色看。不過她也很同情秀枝的母親；這年頭家裡有個女孩子，真是讓父母操心。不像十年前，女孩子真像金子一般的珍貴，真是一家有女百家求。曾幾何時，時代竟變了；原本像泥巴一樣的男孩子，突然也珍貴起來。

是不是找機會跟秀枝談談，告訴她正雄已經跟臺北那個女的斷了，她曉得秀枝很愛正雄，這女孩子從小就有一份真實純潔的感情，她會原諒正雄的。

正雄真跟美惠斷絕來往嗎？現在情況還不明。正雄那天跟在後面追美惠，一追就沒有影子，所以究竟如何，她一點都不清楚。不過從美惠絕袂而去的情形看，她確是傷心極了，應該不會再理正雄才是。女孩子在感情方面最不能忍受的，就是男孩子對愛情的三心二意。可是這年頭女孩子的心理誰又摸得準？她們追求男性的標準，已經不是選擇人品的高尚，與誠實跟可靠了；而是選取男性的性格，及給予她的安全感覺。在這方面正雄佔了個子高身體壯的優勢，說話粗聲粗氣，外表看起來好像野的不得了；偏偏女孩子就喜歡這種調調。

想想看，自己一直努力使正雄能娶秀枝這樣一個好媳婦，結果所有的努力全部白費，局面弄得越來越複雜。何必再去替他們操心，好壞都是他們自己的事情，何況兒子大了，有幾個肯聽父母的話，徒然惹一肚子氣。那又何苦呢？本來她很氣朱進財對兒子的婚事不問不聞的態度；現在想通了，反而覺得老伴那種聽其自然的態度，實在豁達。於是心裡一懶，也就不再過問。

果然不出朱阿媽所料，正雄跟美惠沒有斷絕來往。一個星期天上午，兩人又雙雙回到家裡。這回用不著介紹，美惠一見面，就趕著問候她。

「媽媽，我又來看你了。」

現在朱阿媽還能說什麼，兒子愛上這個女孩子，將來就是她的兒媳婦。她不喜歡她，行嗎？

「歡迎你來玩，美惠。」

「媽媽不生我的氣吧？」

「我生你的氣？我生你什麼氣呀？」

「我上次那麼沒禮貌的跑了，我想你一定會很氣。我對你陪個禮，媽媽，原諒我不懂事。」

「是嘛。你上次來。」朱阿媽細細端詳著美惠，她得好好看個仔細。這是兒子一輩子的事，雖然心裡一再想，不管他的事。可是事到臨頭，卻又放心不下：「飯都不吃就走了，我始終不放心。」

「媽！」這時正雄也插口說：「美惠的母親還請你跟爸到他們家裡去玩哩。」

「你家就住在臺北市嗎？美惠。」

「是的，媽媽。在臺北內湖。」

「你說什麼地方我也不曉得，我幾年也不到臺北市一次；就是去了，也記不住那麼多地方。你爸爸媽媽都好嗎？你回去的時候告訴他們，說我問候他們。」

「謝謝媽媽，我爸爸媽媽都很好。」

「你爸爸在什麼地方做事呀？」朱阿媽慢慢試探的問，她想多了解一點美惠的家庭環境

「我爸爸在公家機關做事。」

「那很好嘛。你們兄弟姐妹呢？也都大了吧？」

「我們家裡數我最小。我的兩個哥哥都已結婚，姐姐也嫁了人；他們都有了孩子了。」

朱阿媽連著點點頭，照美惠的話看，她也是個好人家的女孩子。並且從她談話的神態和有分寸的樣子，顯然也很有教養，不是那種張張狂狂型的。雖然她的打扮稍為艷了一點，都市的女孩子嘛，也難怪。突然她對美惠產生好感，打心裡歡喜她了。

「媽媽。」美惠的神態很愉快：「你跟爸爸什麼時候有空，先告訴我；我好早點跟我媽媽說。」

「過幾天再說吧，孩子。我呀，倒無所謂，反正沒有什麼事情。你爸爸就太忙了，你來這裡兩次，還沒見過他哩。他整天都在茶園裡弄東弄西的，一點閑空都沒有。這年頭的年輕人，都不肯下田，所以想請個人幫忙，都請不到個合適的。就像正雄，他小時候還幫他爸爸做過工，現在可能也不會做了。對不對？正雄。我沒說錯吧？」

正雄只站在那兒傻笑，承認的點著頭。

這時突然有個俏麗的影子閃進來，正雄那張帶著笑容的臉，驟然間脹得通紅。

朱阿媽抬眼看看，竟然是秀枝。

「哦！秀枝！你來了。」

「聽說正雄哥有了女朋友，我來看看啊。」

朱阿媽的臉也紅起來。

只見秀枝盯著正雄的臉看了一會，冷笑的說：「恭喜你，正雄，找到這樣漂亮的女朋友。」

「秀枝！你……」正雄囁嚅的講不出話來。

「結婚時候可別忘了請我吃杯喜酒啊。」

「一定會請你。」

「我也恭喜你，朱阿媽。有這樣好的兒子。」秀枝說完便像風一樣旋出去，朱阿媽看到她眼上噙著淚水。

六

秀枝雖說要吃正雄結婚的喜酒，但結婚那天所有的鄰居都到了，秀枝家裡，卻沒有一個人參加。朱阿媽覺得對秀枝的歉意更深，她有時也想找秀枝解釋一番。可是說什麼好呢？她越想越覺得沒有話講。

時間過得也真快，轉眼間正雄結婚已經兩年多了；並且在上個月生了個女孩。當他們剛結婚時，朱阿媽多麼希望小兩口能夠住到家裡。雖然事實不可能；因為正雄跟美惠都在臺北做事，離家又那麼遠；可是她卻無法禁止這個念頭在心頭醞釀。於是她只有退而求其次，兩人能經常回家看看也好；家裡能有兩個年輕人，氣氛總是熱鬧些。不至於老是老兩口寂寞相對，話都懶得說一句。

在正雄剛結婚那一陣子，小兩口確實也不錯，幾乎每隔一個星期天，就會回家探望一次。儘管美惠一點家事都不會做，她卻絲毫不介意。而她希望他們回來，不是想要他們回家幫她做事情；只是能看到他們小兩口，心裡就感到安慰。因此她願意做給他們吃，做給他們喝，讓他們在家裡生活得高高興興。做父母的對兒女要求的是什麼？不過是看著他們快快樂樂，也就放心了。所以只要他們老兩口有的東西，都會毫無代價的給他們。就像正雄說要在臺北市買房子，兩人便毫不吝嗇的把攢了多少年，才積蓄的三十萬塊錢統統拿給他。為的是什麼？還不是為了小兩口在臺北有個地方住，不至於今東明西的到處搬家。

可是過了一陣子，他們回家的時間漸漸少了。有時個把月才回來一次，有時幾個月都不見影子。聽說是他們每個星期天，都要到美惠的娘家，就沒空回家了。這話聽起來怪叫人生氣，怎麼可以這樣；太太娘家倒可以每星期都去，自己的家倒甩在腦後不管了。不過這也應驗了一個俗語：娶了媳婦忘了娘。或是應了一個現代的說法，兒子結了婚，就變成媳婦的了。因此朱阿媽儘管氣，也只有悶在心裡；難道去跟媳婦爭兒子，鬧笑話給別人看。

老遠每次看到秀枝，朱阿媽的心裡就更難過。正雄如果能討到她，現在就不會這樣子。她一定會很孝順的侍候他老兩口。唉！他老兩口沒福，正雄也沒福。

有一次小兩口回家時，朱阿媽找個美惠不在的空檔，剴剴切切對兒子說：

「正雄，你們也要多回家看看哪。」

「我們不是回來了。」

「我是說你要常回來，要知道你們雖然住在臺北，家還是在這兒呀。我跟你爸的年紀也大了，什麼事情都照應不過來，你也得留一點心。你曉得這些田產將來全都是你的，你也得多找機會照看照看。」

「我早就跟爸爸說過，把這兒的田地賣掉，搬到臺北大家住在一起。爸爸偏不肯聽我的話。」

「你又說這種話，你爸爸要聽到，又氣死了。」

「爸爸也太古板，現在是工業時代，光守著這麼點田地有什麼用。再說茶葉的銷路又不好，不值錢。辛辛苦苦忙一年，得到的收入，還不及一個在工廠做工的女孩子。」

「那些不用你管，你爸爸喜歡在茶園裡忙忙碌碌。那是他的興趣，他高興這樣。」

「我是覺得爸爸太辛苦。」

「那你碰到星期天，就該回來幫幫爸爸。可憐你爸爸，從來就沒有個星期天，天天都在忙，沒有一天休息的時候。你倆星期天都在做什麼？」

「還不是出去玩玩。」

「聽說你們差不多每個星期天都去美惠家裡？」

「她家住在臺北，近嘛。」

「我們離臺北也不算遠哪。你星期天要回來，也花不了多少時間；何必老往丈母娘家跑。」

「美惠要回去嘛，我只有陪她。」

兒子這樣一說，她就沒有話好說了。要再不識趣的嘮叨下去，那真是跟媳婦爭兒子了。她嘆了口氣，沒有再說話，誰要兒子已經長大了，結了婚呢。

朱阿媽當然也去臺北探望過小兩口幾次。拿各方面來說，美惠都不能算是個壞媳婦；她對她這個婆婆，是十分恭敬，也很有禮貌；每次她到了那兒，都會買很多菜做給她吃。無奈技術不好，弄出來的菜餚，不是鹹，就是淡；再不然就半生不熟，讓她嚥都嚥不下。但她仍會高高興興吃；因為不論菜飯好壞，難得美惠有這份心意。使她住不慣的，是那幢房子實在太小，住在裡面又擠又悶氣。尤其當小兩口都上班去了，屋裡只剩下她一個人，就不知道做什麼才好，連聊天都找不到人。出門吧，只見橫橫豎豎的街道上，都是橫衝直撞的汽車，嚇的她一步都不敢動。所以每次都住不了幾天，就得趕緊回鄉下。

現在美惠生了個女孩，小兩口要她到臺北給他們看孩子，她還能不去嗎？這件事是美惠坐月子的時候，她到臺北去照應，正雄親自跟她提的。

「媽！這個娃要你到臺北給我們帶了。」

「我在臺北住不習慣呀。」

「你是乍住，才住不慣；住久自然就好了。」

「非要我帶不成嗎？」

「除了你帶，就沒有人帶了。」

「美惠自己不帶嗎？」

「美惠要上班。請人帶吧，我們又請不起。再說美惠也不想帶小孩，所以只有請媽帶。」

自己不想帶孩子，就找婆婆帶，這對嗎？她想說，但沒有說出來。她也知道正雄的經濟情況，如果美惠真的在家帶小孩，少了她那份收入，正雄可能養不起這個家。何況她對這個小孫女，疼得什麼似的；要找別人帶，她也不放心。帶吧！誰叫正雄是她的兒子，誰叫她那麼疼這個小孫女。做母親的，能不給兒子帶孩子嗎？

她決定明天就動身去臺北，這些小雞能賣就賣，不能賣就送人也罷。她得趕緊去看她的寶貝孫女，現在她站在這兒，就彷彿聽到她哇哇的哭聲。

秀枝的影子是一點都看不到了。這個乖巧的女孩子，要能做她的媳婦，她什麼事都不用操心了。

真的嗎？真會像想得那麼好嗎？

如果秀枝生了孩子，就不用她帶嗎？可能還是要她帶的。現在做母親或婆婆的，是注定要給兒女帶孩子的。這是悲哀嗎？誰叫她們要做母親呢？

委屈的還是老伴，她走了後，他不寂寞死了。

或許他也會對兒子屈服，有一天會賣掉田產，到臺北去跟兒子住在一起。因為如今已經不是子女順服父母的時代，而是父母順從兒女的時代，他們能違背時代嗎？

那就趕緊收拾行李吧，早早到臺北去。

鳳凰

一

說話的時候把兩個嘴角翹得高高的。尹琳的可愛，在她那口雪白牙齒裡面爆出的音符，總是那麼清脆、給人一種大珠小珠落玉盤的感覺。

我認為美麗的女孩子都是聰明的，也以為尹琳是個聰明的女孩子。也許是緣的關係，也許由於我童心未泯，第一次到尹家做客，就跟那幾個孩子攀上交情，見到面時都會親親熱熱叫我一聲叔叔，對我的話也會十分聽從。沒想到她的高中卻整整讀了六年，才馬馬虎虎畢業。

不能因此就責備尹琳，她在高中的前三年，確實盡了力，後來便漸漸荒廢了。我想荒廢的原因，多少與她母親有點關係。尹太太是一個掃帚型的女人，心窩裡存不得一點灰；尹琳讀書不爭氣，是她心窩裡一塊很大的灰，免不了要翻來覆去的掃。幸好尹琳的個性佻達，任憑母親說什麼，都不放在心上。最多聳聳肩，伸伸舌頭，揚揚頭髮，吹一聲令她母親啼笑皆非的口哨。

女孩子到了二十出頭，免不了一個「情」字，這大概是尹琳荒廢學業另一個原因。有人說尹琳的男朋友可以論打計，也許是過甚其辭。據我知道的，過從最親密的不過兩三個人；至於普普通通的，那就很難計算了。現在的女孩子，天天在外面跑，那天不碰見幾個男生，日久天長累積起來，十打八打也數不完。

我替尹琳惋惜的，是她經常往來那些人當中，缺乏尖頭曼型的。比較出挑的一個，名字叫趙君南，與她家是世誼，人很老實，正在讀大學。尹祖厚夫婦也很喜歡他，時常在她家出入；只是過於木訥，不大說話。另外有個叫黃大龍的，人有點流氣，到尹家也最頻，跟尹琳在一起的時間也最多。但是她的父母反對，極力從中阻撓；偏偏尹琳生就一副倔脾氣，父母越反對，便越要跟黃大龍在一起。

為此尹祖厚曾經跟我談過，希望我給尹琳一點疏導，她有時很聽我的話。我當時答是答應了，過後想想，我這個外路叔叔實在不該捲入姪女的愛情糾紛，也就沒積極進行。拖著拖著，就把這件事忘了。

就在尹琳高中畢業那年，她在家中掀起一個不大不小的風波。中國現代的社會，富庶了，進步了，一般經濟狀況還過得去的家庭，對於子女的培植總是不遺餘力。小學畢業了，順理成章的進入中學；中學畢業了，再進大學。尹祖厚在公司雖不是什麼高級職員，由於做的年數久，又守本份，熬的還不錯，一家幾口克勤克儉的過日子，倒也不算寒酸。因此不論兒子是龍是蛇，女兒是鳳是鴉。總是望子成龍，望女成鳳。

沒想到尹琳堅決不願考大學，連報名都不肯報。那天正好是周末，下班的時候，尹祖厚一再拖我到他家去玩，吃個便飯，打個小牌。那知到了那裡，才曉得不是那麼回事；原來尹祖厚夫婦對尹琳的硬說軟勸全觸了礁，便把我當做一張可以吃掉尹琳的王牌。

晚飯時候氣氛很融洽，誰也沒提大專聯考的事。特別是尹琳，不時調皮的對我開個玩笑，有意無意的向我溜一眼，使我猜不透她心頭藏個什麼謎。

飯後回到客廳裡，尹琳也瀟灑的走過來，坐在我的對面，我開始執行任務了：

「尹琳，坐過來一點，我有話跟你說。」

「叔叔的話不用說了，我知道了，是不是要勸我考大學？」她聽話的坐到我身旁。

「你怎麼那麼多心；叔叔來玩玩都不可以？」

「因為叔叔不常到我們家玩，昨天我跟爸爸媽媽吵了架，你今天就來了。可是，我跟叔叔先說清楚了，你勸我也罷，不勸也罷，我是不會考大學的。」

看到尹琳那種斬釘截鐵的樣子，使我原先準備好的一番話。反而無法出口。我正在尋思，怎樣能把話說得委婉一點，尹太太在一旁卻沉不住氣了：

「尹琳，你知不知道個好歹，林叔叔那樣好好和你說話，你怎麼好那麼講呢？」

「因為我不配考大學。」尹琳馬上反嘴說。

「考大學有什麼配不配，能考取了，就可以讀。」我接著笑道。

「可是考不取啊？」

「你不考，怎麼就知道考不取？」尹太太橫裡插了一句。

「我太笨了。」尹琳昂昂頭淡漠的說，但從她那種語調聽起來，多少帶一點悲哀。

尹太太氣的發抖，我聽出來，尹琳那個語調除了悲哀之外，還有一種諷刺。我在一旁坐著，見她們母女那種針鋒相對的態勢，一時竟沒有插口的餘地。但我既然在場，就不能坐視不理。可是我知道，尹太太的火氣要是來了，就像一列開足馬力的火車，要想一下子剎住，是千難萬難的。唯一的法子，是設法先把尹琳穩住。

「尹琳！」我打個手勢說：「先聽我說一句好不好？且不管你能不能考取大學，報個名總可以吧？」

「是呀，你不能連名都不報呀。」尹太太跟著說，更難得的，她的火氣竟然適時的緩和下來。但沒有因此說動尹琳，她仍昂著頭說：

「那也是糟蹋報名費。」

「糟蹋就糟蹋吧，你父母願意，你也用不著心痛。」

「幹嘛要花那種冤枉錢。」

「就算冤枉吧，也不過百把塊錢，花百把塊錢買一個希望，也不算貴。說不定你一考就考取了，變成一個漂亮的大學生，將來叔叔跟你說話的時候，都得仰臉望著你。萬一考不取，你也算是盡心了，父母也不會說什麼。」

「別給我戴高帽子了，叔叔。」尹琳從沙發上站起來，嘴角帶著一絲解嘲的冷笑：「我從來不會自我陶醉，以為自己有多麼聰明；不然我高中就不至於讀六年才畢業，所以我也不做讀大學的夢。」

尹祖厚說話了：「你林叔叔說的對，你要是考不取，也是沒有法子的。」

尹祖厚是個老好人，對子女的教育原無一定計劃，任憑太太做主；因為他那兩張又厚又笨的嘴皮，在與太太爭辯時，總是落在下風。

「我是個意志堅決的人，不考就是不考。」

「胡說！」尹祖厚把沙發旁邊的茶几猛然一拍：「你還有個大小沒有，尹琳，這麼多人望著你的臉說好說歹，你反倒端起來了。」惹得尹祖厚那樣老實人發脾氣，尹琳的話是說得有點過分。

我連忙去安撫尹祖厚，要他先別發脾氣，這種事不是摔桌子砸板凳可以解決得了的。尹琳就有那股子倔勁，你越硬，她的脖梗子昂得更高。但她絕不是那種不通情理的女孩子，只是過於真、直、爽，有什麼就說什麼，不善忸怩作態的討好別人。因此對她，如果能好好把理擺明在那裡，她還是很聽話的。那知道我還沒有把尹祖厚的火氣平息下去，他太太又像個火車頭在冒煙了：

「你說！尹琳，你不讀大學，你做什麼？」

「什麼都不做。」

「我們可沒有那個閑錢，養你這個閑人。」

「那我就結婚。」

「好不知道害臊呀，你怎麼說得出口，才剛剛高中畢業就急著結婚，虧你有那個臉？」

「結婚丟人哪？」尹琳把眉頭挑得高高的：「要是結婚丟人，天底下的女人都不會嫁人了。」

我一看話越說越嗆，那列已經無法剎住的火車，鍋爐可能因為承受不了愈燒愈烈的高溫，而發生爆炸，便趕緊捨了尹祖厚，把尹琳拉到院子裡說：

「你今天怎麼了？尹琳，你一向都是挺好的，怎麼好對爸爸媽媽說那種話。你要是肯聽叔叔的話？就答應爸爸媽媽，在學校集體報名時加個名字。」

盛夏的季節，大概客廳裡太熱，人的脾氣也躁。出了客廳後，外面的空氣比較涼爽，並且有輕快的風。冷靜下來，尹琳的臉上也露出了悔意。但她雖然輸在心裡，卻不肯輸在嘴上，仍委曲的說：

「說真的，叔叔，沒有用的。」

「不管有沒有用，先安安父母的心。」

「我不知道爸爸媽媽怎麼想的，」她甩了甩那頭長髮說：「為什麼一定要我考大學，難道他們有錢沒有地方花了，叫我拿去糟蹋。我高中一讀就是六年，整整比人家多一倍，要是大學再比人家多一倍，那就老了個球的，還有誰肯要我。並且像我這樣笨，就是讀了大學，和沒讀有什麼兩樣，為什麼不把錢省下來，培植弟弟妹妹。」

「你這麼漂亮，到了大學還怕沒有人追。叔叔是大了兩歲，你又叫我聲叔叔，不然早追你了。」

「我嫁給叔叔好了。」她突然笑了。

「不開玩笑，尹琳。」我拍拍她說：「答應爸爸媽媽去報個名，考一考試試。」

「真沒有意思的。」她苦笑的搖搖頭：「想想看，要我考大學，真是夠滑稽的。」

尹琳帶著不情願的神色接受我的勸告，我看得出那種不情願的表情，多少有些做作。同時她也看出來，如果她不讓步，問題就解決不了；做子女的總不能長期跟父母嗆著。所以我拉她回客廳時，雖然仍把個小嘴巴撅得高高的，卻不再嘴硬了。

二

尹祖厚對尹琳考不考大學，原抱著無可無不可的態度，只因為太太堅持，他不得不在旁邊助長聲勢，否則將來怨到他頭上，他吃不了也得兜著，現在見尹琳回心轉意，也樂得不聞不問。

尹太太本來就是個胸無城府的人，先前那個火冒三千丈的樣子，恨不得把尹琳按到地上狠狠打一頓，才能消除心頭的憤怒。現在見女兒順從了她的意思，便變得像一列緩緩進站的火車，舒泰而疲倦的吐了一口氣，立刻笑逐顏開。並且開出一大堆美麗的期票，做新衣服啦，環島旅行啦；只要尹琳能考取大學，就可全部兌現。

以後有好幾個禮拜我沒有再到尹祖厚家裡，這次尷尬的事件雖然過去，我卻有一種預感，覺得問題仍沒有完全解決，不想再趟那個混水；要是再碰到那樣的場面，叫我怎麼辦？理好呢？還是不理好？如果理，說出的話能夠發生效果，當然皆大歡喜；要是碰了釘子，或被來個相應不理，那不是更加尷尬？如果碰到雙方唇槍舌劍的廝殺，自己總不能在一旁看光景，如果拿腿就走，就更不通情理了，多少總得幫尹家夫婦說幾句話。而我又拙於辭令，難得有使人口服心服的語言。還是等尹琳考取大學之後，再去她家看看，順便帶一點小禮物送她比較合適。

尹琳答應了報考大學，是不是真的認真用功準備功課，我就不得而知了。也不願多問，免得人家說我是「狗拿耗子」。只在大專聯考那兩天，表示關切的問了幾句，但也沒有問出個究竟。這年頭升學的競爭太激烈了，就是一個整天捧著書本不放的人，也不一定有把握在幾萬人中脫穎而出。然而朋友就是朋友，多少總有種感情的連繫。對尹琳的考取與否，就無法不關心；何況還是我七勸八勸，她才參加考試的。到了放榜的時候，我便特別留意她的名字，把刊在報紙上的錄取名單仔細看了幾遍，可是看來看去，都沒有找到「尹琳」這兩個字。倒是熟悉的電影明星名字，如李麗華、周敏華、李菁、嚴俊，倒看到了不少，都成了榜上有名的人物。於是我便沒到尹家去，尹太太那個脾氣我實在不敢領教，一點芝麻粒般的小事，往往會變成火燒天。儘管她有言在先，尹琳考不取大學也沒有法子。一頓使人煩惱的嘮叨，總是免不了的，我也省掉一份買禮物的錢。

尹琳的名落孫山是不是真的力所不逮呢？我也不願深究。但我看得出，尹祖厚那幾天，一定被太太當作出氣筒。我也非常同情尹琳，覺得不該對她深責。拿她讀高中讀了六年才畢業的狀況來看，她就是施展渾身的解數，夜夜通宵的下苦功，到頭來恐怕也是白糟蹋了電燈費；無法與那些腦筋一轉，就是好幾個彎的人；一爭長短。

可是放榜後沒有幾天，她家老三到我處玩；那丫頭是很喜歡接近我的，由於她愛看電影，時常跑來叔叔長叔叔短的拍上兩句，弄一張電影票錢。那天她便把她姐姐考試的情形偷偷告訴我一些。

尹琳那丫頭做的也真絕，原來聯考的第一天，是她母親親自出馬去陪考，並且大張旗鼓的買了許多吃的喝的為尹琳加油。有母親在身旁，尹琳自然不敢作怪；她考場是進了，可是到了課堂上，根本沒做試題，把發下來的答案紙當做信紙，選了個瀟灑的監考男老師做對象，寫了兩個鐘頭的情書。到了第二堂，她又耍了個新花樣；她本來有點繪畫天才，平時喜歡塗塗抹抹，也很像個樣子。但是，她不該把這份天才發揮在國文的考試卷上，給每一個監考老師畫了一張人像素描，弄得那些監考老師啼笑皆非。第二天她母親因為有事沒來陪她，她也索性不考了，拿著母親給她的零用錢，到西門町看電影去了。

聽過老三的話，我覺得問題嚴重，這孩子要不設法收收她的心，說不定會走到邪路上。因此我很想找機會好好勸她幾句，免得她一步不慎，墮落下去。

還沒等我去找她，她竟來找我了。

「叔叔，我有件事請你幫個忙。」她像旋風般捲進我的房裡，神色有點激動。

「什麼事你這樣緊張？」

「我母親要用棍子把我趕出來，不讓我回家。」

「是為了這次聯考的事嗎？」

「說是也是，說不是也不是。」

「不是我說你，尹琳。」我要她坐在我對面，鄭重的說：「我聽說過你考試的情形了，怎麼好那個樣子呢？你如果考不取，但已經盡力了，誰都沒有話說。可是你不能把考試當兒戲呀，如果你爸爸媽媽為這件事對你不諒解，我不願意幫你說一句話。」

「噯喲！過去的事還說它幹嘛，我是來找叔叔解決問題的，不是來聽你的道德文章。」

這種沒有禮貌的言語，幾乎使我暴怒起來，想把她趕出我的房間，但我還是忍住了。不過尹琳有個好處，如果她有了不是，你可以抓著機會好好訓她一頓，她一定會乖乖的俯首認錯。於是我正正身體嚴肅的說：

「你說什麼？尹琳，你懂不懂禮貌，雖然我跟你爸爸，連幾百桿子打不到的關係都沒有，因此我不願意說你不知大小。但我們究竟是同事，你又叫我一聲叔叔，對我就應該尊重一點才是。我這裡一句話還沒有說完，你就這樣的頂撞我，對嗎？應該嗎？你還要找我給你幫忙；就憑你這個態度，我會給你幫忙嗎？」

「對不起，叔叔，我錯了，大人不記小人過，請你原諒。」她站起來調皮的對我行個九十度的鞠躬禮。

這一來，倒弄的我說不出嚴厲的話了。

「你坐著，有什麼問題慢慢談。」

「婚姻問題。」

「你真的要結婚了？」

「我不結婚怎麼辦，媽媽說我考不取大學，又找不到事做，她可不能白白養我。」

「媽媽說的是氣話。」

「我不願意聽那些氣話。」

「我想你媽媽所以生你的氣，可能還是為了你大專聯考時那種態度，被她知道了。」

「知道就知道吧，又不是我故意的。」

「不是故意的？難道是真心的？」

「因為我有自知之明。」她在椅子上動動身體，搖著頭把頭髮甩了一下：「就是我花上全部精神去考，還是考不取的，那何必去花那些腦筋呢。我老老實實告訴叔叔好了。」她又把鬢邊的頭髮攏了攏：「這些話我本來是不願意說的，現在叔叔既然要問，我就說給叔叔聽吧。其實我也不是真的不想讀大學，實在是我怕讀書。我高中讀了六年，是誰都知道的。可是誰知道那是一種什麼滋味。每一個新學年開始，舊的同學走了，又來一批新的，只剩下我一個人在那裡熬。我的個子又那麼高，總是扮演一個又可憐又可笑的腳色。你想，那種痛苦夠不夠我受的？本來我想自己既然笨，不讀就罷了。媽媽又罵我像條豬，能吃、能睡，連中學都畢不了業。我丟得起人，她卻丟不起人。」

她說到這裡，抬頭看看我，眼眶裡驟然間充滿了濕濕的淚水，她拭了一下又接下去：

「人都是有自尊心的，叔叔，我雖然知道自己笨，從來不怨爸爸，也不怨媽媽，但我實在受不了那種打擊。還有人說我豁達，看得開，實際都是裝的。我總不能整天都愁眉苦臉哪！所以我寧肯挨打受罵，也不肯考大學了。要是讀大學時又受那種痛苦，不發瘋才怪哩？」

尹琳說完話，又拭拭眼睛，兩手束束頭髮給我一個微笑；但我看得出來，在那笑容裡含著多少次心灰意懶的蒼涼，原來她心頭淤積的憂鬱是那麼深。也虧了她，竟能在那樣沉重的憂鬱下，笑得出來。為了把她的悲哀沖淡，我笑著說：

「要結婚有什麼問題，『女大不中留』，你媽媽總不能把你留在家裡養一輩子啊。」

「她要肯養我一輩子倒好了，問題在我喜歡的人，她不讓我嫁，我不喜歡的人，她偏偏要我嫁。」

「你喜歡誰呢？」

「黃大龍。」

「媽媽要你嫁誰呢？」

「當然趙君南了，趙君南是她心目中的乘龍快婿，恨不得把我綁起來送給他。」

「這個忙我就無法幫了，尹琳，不但你媽媽不贊成你嫁黃大龍，我也不贊成。」

「為什麼叔叔也對黃大龍印象那麼壞？」

「事實明顯的擺在那裡，不要講別的，單把黃大龍跟趙君南拉到一起比比，就可以知道為什麼了。不論人品、學問、誠實，黃大龍都比不上趙君南。你聽我說，尹琳，結婚不是鬧著玩的，是一輩子的事，不能賭氣，也不能衝動，一定要仔細考慮。」

「這個我也知道，可是我配不上趙君南的，趙君南馬上就大學畢業了，再當兩年預備軍官，準備出國留學，將來一定會得個博士碩士學位回來。像我這樣一個高中才勉勉強強畢業的女人，憑什麼配人家。所以我想來想去，還是黃大龍好。他雖然不像趙君南那樣有出息，但我們互相了解，俗語說『龍配龍，鳳配鳳』，我既然不是一隻鳳凰，為什麼要硬充一隻鳳凰。」

我仍不以為然的搖著頭：「一個人不管有沒有學問，要結婚，就要為終身的幸福著想。」

她同意的點下頭。

「黃大龍會使你幸福嗎？」

「不能那樣說，叔叔，幸福是感覺出來的；要是在感覺上不幸福，就算嫁一個白馬王子，整天吃好的穿好的，還是會感到痛苦。」

「那你自己感覺感覺好了。」

她不說話了，望著我猶豫了一回。

「叔叔，你聽我說，我不能嫁趙君南，還有個重要的原因。」她的臉突然紅起來，又停了一晌說：「我媽媽常說我不知道廉恥，就算我真不知道廉恥吧；我和黃大龍已經不是普通友誼關係了。我常常覺得人就是一個命，我就是個命裡多災多難的女人。所以我才決定嫁給黃大龍，好就好，不好我也認命了。」

尹琳的眼睛裡好像又泛起一股濕濕的跡象，但她用力把眼睛一夾，硬把那片要流出來的東西壓住，然後楊起眉角，露出一臉堅毅神色。看到那神色，就想到我從前在戰場上，有一次和三個伙伴受命去破壞一座橋樑的任務；那座橋樑位踞要衝，敵人有重兵把守，要想把它炸掉，是一件玩命工作。我記得當我們整理好裝備出發的時候，那三個伙伴臉上，就現出這種表情。

我把眼瞼垂下來，不想再看她那種神色，一個女孩子對於愛情所表現的態度，竟像一個戰士奔赴沙場那樣堅決，即使我有通天的本領，也無法幫尹祖厚夫婦把她扭向趙君南的一邊了。可是我也不願接受她這份請託，因為我知道，那一定是無法說通的。

「我替你去說，你父母也不會同意，最好你能跟爸爸媽媽說明了。」

「我可不敢再跟媽媽說了，你不知道，昨晚吵得好兇啊。媽媽說：我要是嫁了黃大龍，她就不認我這個女兒，以後永遠不要進尹家的門。好叔叔，求求你，幫我說兩句好話。」

「你叫我怎麼說呢？這種事外人不能開口的。」

「我爸爸媽媽很聽你的話，你也告訴我媽媽，她要真做的那麼絕，可別後悔。」

「你要做什麼？尹琳。」我嚇了一跳，現在社會上老是那種尋死尋活的新聞。

「說著玩的呀。」她故意在緊張中製造輕佻：「你放心好了，叔叔，我決不會自殺的，我的臉皮又厚，命又長。連以前讀高中時候那些冷譏熱嘲，都沒有使我吃安眠藥，現在還會有勇氣殉情啊！」

雖然尹琳面上笑嘻嘻的，我到底不放心，為了不使她走邪門，我不答應也得答應。

「好吧，我替你去說，成不成可不敢保證。但我也勸你一句，不要想歪的。」

「要快呀。」

「我這兩天有事，過兩天就去說。」

「怎麼謝叔叔？給你一個吻好了。」

「又胡鬧了。」

她站起來，抬手從嘴角往外一甩，對我來了一個飛吻：「真是一個大好人，就是交不到女朋友。」接著把腿一抬，向前一躍就竄出門去。

三

緊趕了兩天，才把一些瑣碎的事情理出個頭緒，準備第二天晚上到尹家走一趟，向尹祖厚夫婦游說，找一個圓滿解決辦法。那知道第二天一早，我還沒有起床，便聽到有人在外面咚咚的敲門。是那個搗蛋鬼在人家好夢正酣的時候跑來討厭？我起身披衣下床，拉開房門一看，是尹祖厚兩口子站在門外。尹太太手裡拎著個黑皮包，一臉氣急敗壞的神色。

「林先生，你有沒有見過尹琳？」尹太太一見到我，便尖著嗓子迫不及待的問道。

「尹琳怎麼了？」我吃了一驚，想到她那天託我轉告她媽媽不要後悔的話，就恨自己沒有早辦這件事。於是睡意全消，把他們兩口子延入房內。

「尹琳昨天一天一夜都沒回家。」尹祖厚說。

「她沒說到那裡去了？」

「要知道到那裡去了，還會這麼急嗎？」

「是呀！」尹太太叫得可以聽出兩里遠：「那個天殺的，出門也不說一聲。」我請她坐，她也不肯坐，只在我房裡直打量，彷彿我把尹琳藏在屋裡。

「你昨天真的沒見過她嗎？我想她跟你很熟，有事會找你商量。」她狐疑的問。

「沒有，只大前天來過一次。」於是我趁機把尹琳要我幫她解決婚姻的事，也告訴尹祖厚兩口子。

「又是黃大龍，她就忘不了黃大龍。」尹太太說不坐還是坐下了，把手裡的皮包狠狠往旁邊的桌子上一摜，拍打著沙發的扶手叫著：「氣死了！唉！氣死了，不知道我那輩子作的孽，生了這麼個不爭氣的女兒。」

「她會到那裡呢？」這時我已經穿好衣服：「她那天來找我的時候，曾經說過叫我放心，不會出事的；不過她也說過，要你們不要後悔。」

「她說過那種話？」尹祖厚緊張了。

「緊張什麼！」尹太太瞪了尹祖厚一眼：「她要死，叫她死好了，生了這種女兒，真是倒了八輩子楣。早死了，早省心，省得以後跟她生氣。」

「不過你前天晚上說的話也不對。」尹祖厚對太太說話，總是低聲下氣。

「嫂子說什麼了？」

「她說『你還回來幹什麼，你喜歡那個姓黃的，就跟那個姓黃的走好了，不要再進這個門』，你想她怎麼能受得了，我說女孩子大了，就由她吧。」

「我說的不對呀？」尹太太把頭翹得螳螂一般：「這種敗壞門風的女兒，要她幹什麼；難道我沒有氣生了，叫她來跟我嘔氣？把尹家的人都丟光了。你不知道呀，林先生，」她又激動的站了起來，拿著她摜在桌子上的皮包摔了兩下：「自從生了那個短命的，就沒過一天省心的日子，書也不好好讀，一天儘往外面野。我早就跟祖厚講過，這樣下去不行的，要他管管，他只當做耳邊風。」

「是我不管嗎？是我不敢管？我要是說他們一句，你就護得像寶貝似的。」

「我怎麼護過她？你說話要憑良心，我說呀！唉！氣死了！你呀！空穿件男人衣服，那裡像個男子漢？女兒跟著人家跑了，還往老婆身上推，虧你還好意思說出口來？唉！氣死了！不管了，你要管，你管吧。」她又筋疲力盡似的往沙發背上一靠。

尹祖厚又要說什麼，我趕忙拉他一把，對他使了個眼色。像他們兩口子你一句我一句的鬥下去，別女兒沒有找到，先弄得夫妻反目。

「過去的事別提了，嫂子，先找到尹琳再說。」

「還找她幹什麼，她要死，就死到天邊外國去。就是找到了，我也不會認這個女兒了。」

「不管怎麼樣，總是親生骨肉。」

「不說親生骨肉我還不氣哩，她有那回聽過我這個媽媽一句話？對不起，林先生，打擾你了，我們回去了。」尹太太站起來旋風似的就要走。

「要不要到黃大龍家裡看看？」

「還去看什麼，我權當沒生這個女兒，我昨晚一夜都沒有睡好，我可要回家休息了。祖厚要去，叫他自己去吧。我在這裡對著青天說亮話，就算他肯認這個女兒，我可不認；她要是再走進家門一步，我會用棍子把她趕出去。」

我沒想到尹太太會做得那麼絕，尹祖厚到底還有點父女之情，仍放不下心，在他太太回家後，便和我商量找尋的辦法。我斷定尹琳的離家，一定與黃大龍有關係。於是我們到黃大龍家裡去一趟，但是，黃大龍不在家，他父親也不知道他到那裡了。並且他父母還一口咬定，尹琳沒有到過他們家裡。

連個人影都沒見到，也無法硬往人家身上賴。同時這種事，也不是打官司告狀，就可以弄個水落石出。只有慢慢的打聽。斷斷續續跑了幾天，把所有有關係的人都找遍了，依然沒有絲毫消息。日子一久，跑也跑夠了，人也疲了，也就拖了下去。

這樣一過就是兩年多。我雖然有時也會惦念到尹琳，覺得奇怪，怎麼會一走就無影無蹤。但是她的父母不急，我急個什麼勁。尹祖厚仍照常上班下班，大家在沒事時候也開開玩笑，打個哈哈。但他絕口不提尹琳的事。我怕觸到他的傷痛，更不願到他家了。

四

上個月公司南部有業務，須要派人到高雄，尹祖厚便想攬這個差使。當時大家都奇怪，他是個最怕出差的人，怎麼會對去高雄那麼有興趣。那知道這差使他竟沒攬到手，最後落到我身上。當他知道公司派了我，幾次欲言又止的想對我說什麼，都沒有說出來。我也因為過於匆忙，未能問他。那曉得臨出發的頭一天晚上，我正在房裡整理行裝，尹太太匆匆趕來了。

「林先生，你是要到高雄嗎？」

「是啊。」我請她坐下。

「要去多少天？」

「大概一個禮拜的樣子。」

「那空閒的時候很多了？」

「也不能說很多，吃了公司的飯，就是公司的人，就得給公司辦事。不過白天辦事情，晚上難免要出去逛逛，也不算白跑一趟。你有事情嗎？」我知道她不輕易到我這裡來，一來，準有事情。

「我想請你順便幫我找找尹琳。」

「尹琳有消息了？」

「聽說在高雄。」

「那沒有問題，我一定給你辦。你把她的地址給我，我到高雄馬上去找她。」

「沒有地址呢。」

「沒有地址，要找就難了。」

「聽說在高雄的一家舞廳裡當舞女，人家告訴我兩三個月了，所以那個舞廳的名字也忘了。」她揉揉前額想了一下，但沒有想起來：「我早就跟祖厚說過，叫他親自去跑一趟，各個舞廳裡去看看，他就是不肯；說什麼尹琳不肯回家，就由她算了。我又是一個婦道人家，出了門連東西南北都弄不清楚，也去不成。一直拖到如今，也沒找到個合適的人。你說，林先生，天底下那有像祖厚這樣做父親的，自己的親生女兒出去了兩三年，他連急都不急，好像一點父女的情分都沒有。我說呀！我是前世裡欠他們的，到這世來還他們的；到還清了，我也完了。你要是找到了尹琳，千萬把她帶回來。」

「我要找到她，還有什麼話說，自然把她給你帶回來。」

「就請你多費心了。」她喝了口茶，又語無倫次的接下去：「你知道，靠祖厚去找尹琳，是不中用的，尹琳就是死在外面，他也不會傷一點心。他們父女啊，都是一個模子出來的種，心腸是鐵打的。我啊，林先生，你是不知道哇，就是心腸軟。自從尹琳走了以後，就沒有好好吃過一頓飯，也沒有好好睡過一夜覺，想死了。你看我的頭髮，像棉花一樣了，都是想尹琳想白的。」她彎腰把頭湊過來，抓起一綹頭髮給我看。

「是呀，天下做父母的，那有不愛自己子女的。」但我暗中好笑，難道她把要用棍子把尹琳趕出去的話忘了，當然我不能當面揭她的短。

「可是祖厚就不一樣了，他呀，就是吃得飽，睡得著，一點都不想；你看他越來越胖就知道了。尹琳看起來也是一樣，生分極了，一點孝心都沒有。我就不信她會一點不想家。唉！只要她能早早回來，我也管不了那麼多了，隨她的便吧，她要嫁黃大龍就嫁吧。」

尹太太說完，極度灰心般，疲倦的朝沙發背上一仰，把那雙肥胖的手，抬起來摸摸臉，又拍拍腿。我雖然被她轟炸得有點頭暈目眩，對她那種母愛卻極表欽佩。但她抱怨尹祖厚半天，我不能不幫尹祖厚說兩句話：

「祖厚這個人我是知道的，嫂子。他也不是像你說的那樣無情，他實在是沒有時間出去。就像這次到高雄出差，本來他想去，結果倒是我去。」

「什麼沒有時間？」她又直起腰幹說：「他整天就沒有閒死，做了這些年夫妻，我還不清楚，他就是懶，就是……噯喲！別說了，一說就要生氣；我常常和他說，孩子們小，不懂事，有個一差二錯，教導教導就算了，不要和他們積氣。他就是不聽，一那個了，就又打又罵。當初尹琳出去，就是他逼的，連家都不讓尹琳回。當時我不知道跟他說過多少次，要好好找找，女孩子家不能讓她走錯一步；可是他只知道躺在床上睡大覺。我說尹琳所以變成舞女，都是他不聞不問造成的。要用一點心，也不會到今天這個樣子。你說氣不氣人？林先生。」

「就這樣了，嫂子，我一定盡力去辦。」我不敢再說別的了。再一開口，不知又招出什麼話來了。

「謝謝你了，林先生，不要忘了，看到尹琳就告訴她，我想她快要想死了。為什麼不到我們家玩了？你回來的時候，我好好請你吃一頓。」

五

到了高雄，業務並不像想像那樣忙，除了各處奔走奔走，和有關的公司行號接接頭，閒的時間居多。因此有很多空閒去辦尹太太託我的事。

我頭一天晚上，到了兩個舞廳，一個是皇后，一個是大世界。我這個人不大會跳舞，也不熱中此道。在臺北時候雖偶而與朋友應酬，去「蓬拆」個三次五次，也是匆匆的來去，對這方面的規矩並不十分熟悉。在那兩個舞廳裡，我都找小妹和大班問過；因為小姐們下海伴舞，都有一個藝名，本名舞廳則不對外公開。我又不知道尹琳的藝名，查詢起來就相當困難。只有就她的面貌、年齡、身材、籍貫，籠統的說個大概。可是能有資格下海伴舞的女孩子，除了籍貫之外，大都有一個姣好的面孔，纖穠合度的體態，二十上下的歲數，很難找出顯著的差異。所以問來問去，也問不出個所以。

那兩家既然找不到，第二天晚上我又去另外幾家，並且跳了幾個曲子。有些規模較小的舞廳，裡面的舞女也比較少，可以一覽無遺，尹琳在不在裡面，也不必問，看看就知道。那天晚上我又沒有找到。

到了第三天，我又回到第一次去的那兩家，一家一家仔細觀察。不論做什麼生意的，都有他們的生意經。經營舞廳的，就是要客人跳舞；如果你不跳舞，老是問東問西，他們就愛理不理，問三句答不到一句。要是你買了檯子，他們就把你當做衣食父母般笑臉相迎。於是我也找一位小姐，一面跳著，一面注意另外的女孩子。就在我跳第二個曲子的時候，突然發覺一個高挑身材的女郎，在我面前一閃的滑過；看模樣似曾相識，很像尹琳的樣子，但是面部經過化裝，剎那間也認不清，便不敢造次喊她。要想再滑到她面前看個仔細，一直都沒有機會，只有暗中盯著她。那個曲子結束時，我見她伴著一個中年男士走向右首一個檯位，走路的姿態也像極了尹琳。於是我把那個小姐打發走開，同時喊了一個小妹過來。

「小妹，那個檯子上那位小姐叫什麼名字。」我半立起身體，指著那個檯位。

「左邊第三個位子是不是？」

「對的。」

「她叫亞琳。」

「她嘴上是不是有顆美人痣？」

小妹想了想，點點頭。

「給我幫個忙好不好？小妹，給我喊她。」

「恐怕不成啊，她是這裡是的檯柱，買檯子的人很多，一時恐怕轉不過來。」

「幫幫忙嘛。」

「這個我做不了主，要找大班商量。」

「那你給我找大班好了。」

小妹答應著走開，沒有多久大班來了，是個三十歲左右的女人。顯然是個過時的舞女，這碗飯吃久了，人老珠黃了，就順理成章的當上大班。

「是你找亞琳嗎？先生。」

「是的，可不可以通融一下？下個檯子給我。」

「她現在有好幾個檯子等著轉呢。」

「幫我這個忙好了，叫他們等一下。我今天剛從臺北來，在臺北時候我就聽過亞琳小姐的名字了，慕名來拜訪她。你不能讓我空跑一趟啊，以後要仰仗你的地方還多呢。」在這種地方，有幾個人會說實話？反正大家詐吧。我也跟她亂講一通，使她弄不清是真是假。

「這是舞廳的規矩，先生，我們不能破壞的，破壞了，人家要講話的。」

「賣我個面子吧。」

「真對不起，一切都排好了。」

「一定幫個忙，我在臺北就聽說過你的名子了。什麼事只要你說一句話，沒有行不通的。」我只有猛往大班身上灌迷湯。

「好吧，我看看。」大班那個滿是脂粉的臉咧開了：「你不知道哇，先生，現在做大班太難了，凡是來這裡玩的人，都是朋友，能幫的地方那會不幫。可是一個照應不周到，就會得罪人。你先坐著等一回，亞琳小姐這個檯子完了，我就叫她過來。」

在我和大班談話的時候，一個曲子就過去了，又過了一個曲子，亞琳便隨著大班走過來。一點不差，果然是尹琳，穿著一襲墨綠緊身旗袍，頭髮梳得高高的，用一只鳳尾釵別成一個太空髻，黑色的高跟鞋，臉上薄薄塗著一層蜜斯佛陀，顯得艷光照人、灑脫而成熟。當她走到我面前時，還沒等大班介紹，她便認出我了。

「啊！叔叔，你怎麼來了？」

「來找你呀。」

「噯呀！真想不到，吳姐姐說臺北來了一位客人，我以為是誰呢，怎麼也料不到是叔叔。」

大班見我們認識，便走開了。

「叔叔什麼時候來高雄的？」我們坐下了。

「大前天。」

「來有事嗎？」

「公司裡有點業務要在這裡住一個禮拜，同時你媽媽特別託我，叫我一定找到你。」

「我媽媽知道我在這裡？」

「只知道你在高雄做舞女，但不知道在那個舞廳，所以我才找了好幾天。怎麼樣？這裡還好吧？」

「還過得去。」

「聽說很紅了，剛才差一點喊不到你。」

「他們瞎捧罷了。」

「想不想家？」

「怎麼不想呢，你知道，叔叔，我有好幾次回臺北？都想回家去看看。但是我有臉回去嗎？我媽媽會原諒我嗎？所以我沒有勇氣走進門口一步，只有在晚上沒有人時，化裝化裝，戴上副黑眼鏡，跑到巷口去看看。女人哪！叔叔，不能走錯一步；要是一步踩個空，翻了個跟斗，要想再站起來，難哪！」

「你媽媽早就原諒你了，這兩年想你把頭髮都想白了，她還要我帶你回臺北哩。」

「那些回頭再說吧。」她躊躇了一下，抬手理理鬢邊的頭髮：「這裡不方便，你不是來跳舞嗎？我陪你跳舞好了，反正你一時不會走。」

「我來這裡的目的是找你，不是跳舞。」

「叔叔怕花錢是不是，不要緊的。姪女在這裡應該盡地主之誼，今天晚上我倒貼了。」

「怎麼愈說愈不像話，那裡好這樣玩世。」

「見的世面多了。」她臉上掠過一絲惆悵與悽楚，喟然一下，又一掃而光：「我說叔叔最假正經不過了，在臺北的時候，你還不是經常跳舞？那時候你恐怕恨不得有個小姐倒貼，又不花錢，又可以玩。現在姪女情願倒貼了，又扳起面孔跩老夫子的架子。」

我沒有法子，只有陪尹琳跳兩個曲子。我想尹琳在這裡所以能紅起來，也不是光憑那個花朵一般的面貌，那兩步輕妙的舞步，確能使人感到飄飄欲仙。可是小妹過來告訴她，要轉檯子了。

「你告訴大班，我今晚不轉檯子了。」

「王先生已經來很久了，大班一定要你過去。」

「他要等叫他等好了。」

小妹為難的站在一旁不走，她也不理，依然跟我談笑風生，於是大班過來了。

「亞琳，王先生在那邊，去周旋一下。」

「我已經跟小妹說過，今晚不坐別的檯子了。我叔叔從臺北來，我當然要陪陪他。」

「不好意思的，人家王先生一個禮拜來捧你五六天，不能那樣對待人家。你說對不對？先生。」於是她笑著轉向我：「噢！還沒請問貴姓哩？」

「林，雙木林。」

「那就委曲林先生一下，亞琳馬上就回來。」

「我說不去就是不去。」

「何必叫我為難呢。」

「有什麼為難，你告訴他我不願意過去。」

「不是那樣說的，我不能幫你得罪客人。過去坐一回，王先生等的焦急了。」

「叫他找別的小姐好了。」

「他要肯找別的小姐，我還用這樣來求告你嗎？」於是她伸手拉拉尹琳：「去了，亞琳，老客人了，不能這樣沒有感情；你這樣老和林先生坐在一道，別人一概都不理，別人看著不舒服的。」

「我就不轉他的檯子，他能怎麼我？」

「你怎麼說這種話呢？」大班有點生氣了：「這不是你轉不轉的問題，你在這裡，客人要買你的檯子，你就得轉。這是舞廳的規矩，由不得你。」

「那我今天請假好了，我請假總成吧。」

大班見亞琳一硬，又堆下笑臉來。

「好妹妹，別叫姐姐下不了臺。」她拍拍尹琳：「剛才我已經答應了王先生，說你馬上就過去，現在你這樣不給我面子，我怎麼去對他說呢。」

「那就叫他等吧。」尹琳懶洋洋的說。

「過去看看吧，尹琳。」我見大班那樣說，也怪不好意思，便幫著勸道。

「好！我去看看他。」尹琳挺身站起來說：「不過我先說明了，吳姐姐。我過去和王先生說過了，坐不坐檯你不要管我，我就要走的。我叔叔從臺北來找我，我們有很多的話要談呢。」

大班見她那個堅決的樣子，知道無法勉強，便答應她的要求。於是尹琳起身去看那位王先生，我以為她到那裡起碼要盤桓一節，那知一轉眼，她又回來了。

「我們走吧，叔叔。」

「已經講好了？」

「我叫他明天來，明天再好好陪他。」說著的時候我們已經走出舞廳的門口，進了電梯間。接著她又笑道：「可是你沒有走，我明天來不來還不一定哩。並且還捉他一記老K，今晚你在這裡的一切費用，全由他打發。」

「你用這種態度對待客人，是不對的，尹琳。」

「這叫做『周瑜打黃蓋，一個願打，一個願捱』，在這種場合，還能跟他們認真。」

到了街上，尹琳又問道：

「還要不要跳舞了？」

「我們還是找個地方談談吧。」

「那就到我那裡好了。」

「很近嗎？」

「沒有多遠，坐計程車馬上就到。」

「那就不必了，就在附近找個地方坐一回，說幾句話，我就回旅館了；反正我們還要見面。」

「何必去住旅館，到我那裡住不是一樣？你知道我住的地方，就不用到舞廳找我了。」

「你怎麼個住法的？」

「我租了個小公寓，兩房一廳。」

「不要了，怪不方便的。」

「有什麼不方便，我那張床很大，可以睡兩個人。」她又捉狹的對我笑笑。

「你真該捱打了，怎麼老拿我尋開心。」

「噯喲！噯喲！」她笑得拍起手來：「我說叔叔是假正經，還不承認哩。我剛才說我們睡在一個床上，還有下文沒說呢，你就胡思亂想了。我是說我們睡一個床，歸睡一個床，但中間要用什麼東西隔開，做為緩衝的地帶，互不侵犯。就怕你想的太多，睡不著覺。」

「尹琳，我怕你就是了。」

「你不在我那裡住也好，但你不能不到我那裡看看我的孩子。」她收起捉狹的笑容。

「你生孩子了。」

「和黃大龍一起睡了兩三年，還會不生孩子嗎？你去了她還會叫你一聲叔公呢。」

「如此說，倒非去看看不可了。」

六

尹琳攔了一輛計程車，駛向她的住所。她租的那幢公寓是在二樓上，佈置得很樸素，倒很合她的個性，她一向都不喜歡弄得華華麗麗。她那個孩子是女孩，長得很像她，有一雙靈活的眼睛與胖胖的小臉，剛剛牙牙學語。尹琳特別僱了一個女傭幫她照看，以便自己能安心到舞廳上班。

我在客廳坐下後，她從冰箱裡拿出半個木瓜，用果汁機給我和她自己分別打了兩杯果汁。

「你的生活蠻享受嘛。」

「辛辛苦苦才賺到幾個錢，為什麼不把生活弄好一點。」

「真的看得開嗎？」

「不看得開有什麼法子，總不能喝西北風啊。」

「不和黃大龍在一起了？」我看房裡的傢具，有些簡單得不像兩人生活的樣子。

「在……」

「他呢？怎麼還不回來？」

「他不在這裡，在臺北讀書。」

「讀書？讀什麼書？」我感到意外的說。

「讀大學夜間部。」

「真的？真是想不到。」我朝尹琳好好打量了一眼：「黃大龍能讀大學，說起來誰會相信。不過，他要是能真的收起心來，痛下幾年苦功，將來說不定會很有出息。現在我再問你一句，尹琳，是不是願意跟我回臺北？」

「我現在不能回去。」

「難道你不想想，你母親想你想的那個樣子嗎？」

「我當初就是被她逼出來的。」她嘆了一口氣，眼裡突然躍動著欲出的淚光。

「那你還恨她了？」

「我怎麼會恨她呢，我要恨她，就不會想家了。所以我現在誰都不怨，只怨我自己不好，因此我才逼黃大龍去考大學，暫時也不想到臺北，要在這裡賺錢養漢哪。」她又耍起那種灑脫態度。

「怎麼又開玩笑了。」

「我這話是真的，叔叔。」她又正色的說：「黃大龍在臺北讀書要用錢，他家的環境又不好，供不起他。所以只有我現在苦一點。」

「尹琳，本來我對你很不原諒，現在看看你這種精神，反而非常欽佩了。人貴知過能改，過去的錯，就讓它過去吧，為什麼不見好就收呢？」

「我早就這樣想了，可是我現在要是不做舞女，黃大龍讀書怎麼辦呢？所以我想再苦兩年，等黃大龍畢業，再帶著孩子到臺北，向爸爸媽媽請罪。要打要罵隨他們的便了，誰叫我這麼不孝呢？」

「那又何苦呢，黃大龍讀夜間部白天可以做事，你也可以找個事做，不是可以維持生活嗎？否則就先回去看看，安慰一下你媽媽，再回來也沒有關係。」

「讓我考慮考慮好了。」

「不要考慮了，和我一道回去了。」

尹琳經過兩天的考慮，果然同意跟我一道回臺北。現在她已經找到一份工作，歸真返璞的住在家裡，每天除了上班下班，很少出門。

尹太太雖然仍像過去那樣嘮叨，但談到尹琳時，臉上總是閃著光彩。並且對黃大龍那個女婿也痛愛備至，完全忘記過去對他的厭憎。我想世界上最偉大的東西，大概莫過於母愛了。拿尹太太來說，尹琳除了模樣俊之外，實在沒有值得稱道的地方。但在她的心目中，仍是一隻可愛的鳳凰。

釀文學95　PG0774

青春花車
——喬木短篇小說集

作　　者	喬　木
責任編輯	林千惠
圖文排版	譚嘉璽
封面設計	陳佩蓉

出版策劃	釀出版
製作發行	秀威資訊科技股份有限公司 114 台北市內湖區瑞光路76巷65號1樓 電話：+886-2-2796-3638　傳真：+886-2-2796-1377 服務信箱：service@showwe.com.tw http://www.showwe.com.tw
郵政劃撥	19563868　戶名：秀威資訊科技股份有限公司
展售門市	國家書店【松江門市】 104 台北市中山區松江路209號1樓 電話：+886-2-2518-0207　傳真：+886-2-2518-0778
網路訂購	秀威網路書店：http://www.bodbooks.com.tw 國家網路書店：http://www.govbooks.com.tw
法律顧問	毛國樑　律師
總 經 銷	創智文化有限公司 236 新北市土城區忠承路89號6樓 電話：+886-2-2268-3489　傳真：+886-2-2269-6560 博訊書網：http://www.booknews.com.tw

出版日期	2012年7月　BOD一版
定　　價	290元

國家圖書館出版品預行編目

青春花車：喬木短篇小說集 / 喬木著. -- 一版. -- 臺北
市：釀出版, 2012.07
面； 公分
BOD版
ISBN 978-986-5976-33-0（平裝）

857.63 101008045

讀者回函卡

感謝您購買本書，為提升服務品質，請填妥以下資料，將讀者回函卡直接寄回或傳真本公司，收到您的寶貴意見後，我們會收藏記錄及檢討，謝謝！

如您需要了解本公司最新出版書目、購書優惠或企劃活動，歡迎您上網查詢或下載相關資料：http:// www.showwe.com.tw

您購買的書名：＿＿＿＿＿＿＿＿＿＿＿＿＿＿＿＿＿＿＿＿

出生日期：＿＿＿＿年＿＿＿＿月＿＿＿＿日

學歷：□高中 (含) 以下　□大專　□研究所 (含) 以上

職業：□製造業　□金融業　□資訊業　□軍警　□傳播業　□自由業

□服務業　□公務員　□教職　□學生　□家管　□其它＿＿＿

購書地點：□網路書店　□實體書店　□書展　□郵購　□贈閱　□其他

您從何得知本書的消息？

□網路書店　□實體書店　□網路搜尋　□電子報　□書訊　□雜誌

□傳播媒體　□親友推薦　□網站推薦　□部落格　□其他＿＿＿＿

您對本書的評價：（請填代號　1.非常滿意　2.滿意　3.尚可　4.再改進）

封面設計＿＿　版面編排＿＿　內容＿＿　文／譯筆＿＿　價格＿＿

讀完書後您覺得：

□很有收穫　□有收穫　□收穫不多　□沒收穫

對我們的建議：＿＿＿＿＿＿＿＿＿＿＿＿＿＿＿＿＿＿＿＿

＿＿＿＿＿＿＿＿＿＿＿＿＿＿＿＿＿＿＿＿＿＿＿＿＿＿

＿＿＿＿＿＿＿＿＿＿＿＿＿＿＿＿＿＿＿＿＿＿＿＿＿＿

＿＿＿＿＿＿＿＿＿＿＿＿＿＿＿＿＿＿＿＿＿＿＿＿＿＿

請貼
郵票

11466
台北市內湖區瑞光路 76 巷 65 號 1 樓

秀威資訊科技股份有限公司 收

BOD 數位出版事業部

(請沿線對折寄回,謝謝!)

姓　　名:____________　　年齡:________　　性別:□女　□男

郵遞區號:□□□□□

地　　址:________________________________

聯絡電話:(日)______________　(夜)______________

E-mail:________________________________